쓸 만한 인간

_ 본 도서는 2016년에 출간된 《쓸 만한 인간》의 개정판입니다.

_ 본문에 수록된 글 중 잡지 〈topclass〉에 연재되었던 글에는 날짜를 표기했으며, 그 경우 날짜는 연재 시기가 아닌 작성일을 기준으로 삼았습니다.

_ 각주는 2019년을 기준으로 추가 혹은 수정되었습니다.

_ 저자의 글맛을 위해 인터넷 용어 및 철 지난 유행어가 다소 포함돼 있습니다.

쓸 만한 인간

박정민 산문집

상상출판

이 세상 모든 작가님들에게,
그들의 품위에,
그들의 고뇜에,

넘볼 수 없는 존경을 표한다.

목 차

2부

3부

4부

5부

작가의 말

그럴 듯한 문장과 서사는 찾아보기 힘들 겁니다.

그래도 읽어보시겠다면,

그저,

무심결에 들어보시길 바랍니다.

박 정 민

1부

정착

2013. 06.

1\.

요즘 나는 집구석에서 섀도복싱을 하면서 이 소리는 입에서 나는 소리가 아니라며 신이 주신 금쪽같은 시간을 레프트 스트레이트로 날려버리고 있다. 뿐만 아니라, 막 배우기 시작한 기타를 반주 삼아 '오빠 생각'을 부르면서 도무지 입에서 나는 소리라고는 볼 수 없는 파열음으로 신성한 시간을 두 동강 내버리고 있다. 게다가 어제 아버지가 명예퇴직을 하셨다는 사실도 잊은 채, 집에 아무도 없는 줄 알고 헬로비너스의 노래를 목청껏 부르다 들켜, 나도 울고 아버지도 울고 아버지가 PC방이나 가라며 쥐여 주신 만 원짜리도 울었다.

그러던 어느 날 〈topclass〉라는 잡지사에서 글을 한번 써보라며 지면을 내준다고 제안을 해왔다. 고민이 됐다. 노트 혹은 하드디스크 혹은 미니홈피에 쓰던 글을 정식으로 누군가에게 보여준다는 것이 창피하기도 했다. 하지만,

아버지가 주는 돈 말고 내 돈으로 PC방을 가야겠다는 일념으로 그 제안을 흔쾌히 받아들였다. 그리고,

노트 혹은 하드디스크 혹은 미니홈피에서 부유하던 글을 이제 좀 정착시킬 수 있는 기회라는 생각으로 내 계좌번호와 주민번호를 그들에게 넘겨주었다.

글의 첫 장이다 보니 본인 소개가 필요하겠다는 생각이 든다. 책의 디자인이 예뻐서, 라면 받침용으로 사이즈가 적당해서, 필자의 얼굴이 잘생겨 보여서 이 책을 선택한 독자들에게 본인 소개를 짤막하게 하겠다.

"안녕하세요. 저는 〈파수꾼〉이라는 독립영화로 데뷔해 〈전설의 주먹〉, 〈들개〉, 〈동주〉 등의 영화와 〈너희들은 포위됐다〉, 〈안투라지〉 등의 드라마에 출연했던(〈The Duo〉, 〈용감한 시민〉 등의 아무도

보지 못한 전설 속에 존재하는 단편영화를 연출했던)* 아직은 그리 훌륭하지 않은, 배우 박정민이라고 합니다."

2.

연기를 해보겠다고 극단에 들어간 2005년, 극단 형과 함께 포스터를 붙이다가(진짜 그 형이 갑자기 왜 그랬는지 모르겠는데) 가슴에 꽂히는 한마디를 듣게 됐다.

"너 같은 놈 많이 봤어. 발 좀 담그는 척하다가 다 없어져."

순간적으로 화가 치밀었다. 그렇다고 화를 낼 수는 없으니 애먼 포스터만 쓰다듬었다. 이후 배우가 되는 길이 너무 힘들어서 다 포기해버리고 싶은 순간마다 그 형의 말을 되새겼다. 누가 이기나 해보자는 마음이었던 것 같다. 그런데 아직도 싸움은 그 형이 이긴다. 뭐가 어찌 됐든 연기를 하겠다고 마음먹은 순간부터 잘한다, 최고다라는 말보다는 어쩌면 그 말이 더 큰 거름이 되었는지도 모르겠

* 이 목록에 영화 〈그것만이 내 세상〉, 〈변산〉, 〈사바하〉 등이 그새 추가되었다는 점이 놀랍다.

다. 그러니 혹시나 일터에 후배가 있다면 아껴주길 권한다. 안 그러면 그들이 오기로 당신들을 짓밟을지도 모를 일이다. 되도록 후배들에게 경어체를 사용하고, 웬만하면 싸움도 져줘라.

그렇게 오기로 하다 보니, 학창 시절부터 열광하던 감독님, 선배님들과 작업을 할 기회가 생기기도 했다. 충남 예산 출신인 우리 엄마는 〈넝쿨당〉**을 볼 때마다 자기 고향 친구가 유준상 사촌 형이라며 내 귀에 캔디가 박히도록 말씀하셨는데, 2013년, 강우석 감독님의 영화에서 엄마가 좋아하는 유준상 선배와 같은 작품을 할 기회가 생긴 적이 있었다.
영화 시사회 날, "엄마 내가 시사회 때 유준상 소개해줄게!" 했더니, 엄마는 "아이고 우리 아들 최고다. 뭐 입고 가야 되니?"라고 하시며, 예쁘게 차려입고 유준상 선배에게 다가가 아주 단호한 어투로 "내 친구가 그쪽 사촌 형이에요. 유을상이."라고 말씀하셨다. 그 자리에 있던 많은 사람들은 그렇게 유준상의 사촌 형이 유을상이라는 것을 알게 되었다. 아주 의미 있는 자리였다.

** 〈넝쿨째 굴러온 당신〉(2012)이라는 드라마의 줄임말

3.

그렇게 오기로 아직은 발을 담그고 있다.

'진짜로 일어날지도 모르는 기적' 같은 버저비터를 꿈꾸기도 하고, 어차피 "평생 동안 무언가를 필사적으로 해야 할 때가 그리 여러 번 오는 게 아니"라면 조금은 즐기면서 해보려고도 한다.

이 글도 어쩌면 그 과정에 있는 또 다른 꿈일지 모른다. 또 어쩌면 장난감 같은 걸 수도 있고. 어쨌든 그것이 정착할 수 있는 공간을 얻었다. 그 공간에서 나는 헬로비너스 노래를 맛깔나게 부르면서 계속 레프트 스트레이트를 날리고 있을 테니 언제든지 놀러 오셔도 좋다.

자주들 놀러 오시라.

여행

2013. 09.

첫 여행은 유럽이었다. 신사의 나라 영국에 내리자마자, 신사의 나라니까 무단횡단을 하지 않겠다고 다짐한 내 옆으로, 밥 먹듯이 무단횡단을 하는 열댓 명의 신사들을 보며 충격받은 기억을 잊을 수가 없다. 나를 꼬드겨 집에 데려가려던 동성애자 할아버지, 커피를 달랬더니 머핀을 주고 나가라는 카페 점원, 길거리에서 기타를 퉁기던 보헤미안 흑인 할아버지 등, 기억에 남는 사람이 많다. '처음'이라는 건 그만큼 몇 곱절로 큰 충격을 주는 모양이다. 영국에선 제이슨 므라즈의 음악을 들어야 한다며 하루 종일 MP3에서 흘러나오던 그의 음악. 그 음악을 들으며 템스 강에 흘려보낸 내 눈물은 지금 어디쯤 있을까. 미안하다 눈물아, 제이슨 므라즈가 영국 사람인 줄 알았어. 근데 미국 사람이래. 며칠 전에 알았어. 미안해.

영국, 프랑스, 독일에서 총 네 편의 연극을 봤다. 놀라운 건, 평일 낮 시간 공연임에도 전 석이 매진이었단 사실이다. 영국의 '셰익스피어', 프랑스의 '라신' 같은 대문호의 공연에 그들은 자부심을 꽤나 느끼고 있는 듯 보였다. 남녀노소 할 것 없이 공연장에 찾아와 배우들과 함께 호흡한다. "와, 정말 리어왕이 백인 할아버지다. 와, 진짜 프랑스 사람이 나와." 하며 감탄을 금치 못하던 나는, 커튼콜이 시작함과 동시에 기립 박수를 치며 환호했다. 관객들이 '뭐야. 딱 봐도 무전여행하는 것 같은 이 동양인은.' 하는 눈빛으로 나를 바라봤지만 어쩔 수 없었다. 역사의 한 부분을 당당하게 차지하는 이 공연을 실제 본토 배우들이 만들어내는 것을 보니 이역만리 타국 청년은 박수를 치지 않을 수 없었다. 그렇게 나는 여행을 가면 꼭 그 나라의 연극을 찾아보는 값진 취미를 얻었다.

일본의 오사카에 갔을 적 이야기다. 그날의 여행을 마치고 숙소로 돌아가던 중 도톤보리의 어느 골목에서 한국 술집을 발견했다. 장근석의 사진이 붙어 있고 빈 소주병을 죽 늘어놓은 가게였다. 신기한 마음에 기웃거리고 있는데 아르바이트생으로 보이는 여학생 한

명이 나와 내게 맥주 한잔하고 가라 권했다. 궁색하게 "비싸지 않아요?" 하고는 터덜터덜 들어갔다. 바에 앉아 맥주를 한 모금 마시고 있는데 뭔가 느낌이 이상하다. 옆에서 그 여학생이 자꾸 쳐다보는 것 같았다. 그러더니

"혹시…."

"네?"

"한국에서 뭐 하세요?"

"학생인데요."

"전공이 뭔데요?"

"이런 외모에 이런 말씀드리기 뭣하지만 연기를 전공해요. 스미마셍."

"아, 그럼 영화 출연하신 거 있으세요?"

"있긴 한데 잘 모르실 걸요. 스미마셍."

"뭔데요?"

"〈파수꾼〉이라고… 스미마…"

"꺄악! 저 그 영화 다섯 번 봤어요. 이제훈 짱 팬임."

"그렇죠. 저도 한 일곱 번 봤는데요. 내가 이제훈 더 팬임."

정도의 대화를 나누는데 갑자기 주방에서 내 또래로 보이는 남자

사장이 나타났다.

"왜 무슨 일이야."

"오빠 이 사람, 그 〈파수꾼〉에 나왔던 그 배우야."

"오! 이제훈?"

"…."

"아니, 그 베킨가 뭔가."

"진짜? 몇 살이야. 86이야? 친구네! 우와, 그럼 안주 하나 해줘야지! 소야* 어때, 소야. 소야가 죽여. 괜찮아?"

"네, 고맙습니다. 하하."

그러더니 그 녀석은 난데없이 옆에 가만히 앉아 있는 일본인 단골손님**에게 말을 걸었다.

"이 사람이 한국에서 배우인데, 장근석 친구야."

"오! 소까?(그렇습니까?) 혼토 근짱노 도모다치데스까?(진짜 장근석의 친구입니까?) 스바라시.(대단해요.)"

* 소시지야채볶음

** 그는 도톤보리에서 유명한 야쿠자 일원 중 하나라고 했다.

난 10분 만에 오사카 관광객에서 연기 전공 학생을 거쳐 〈파수꾼〉에 나온 이제훈 팬을 지나 장근석의 친구가 되었다. 그렇게 사장 녀석, 아르바이트 여학생, 사이토라는 단골손님과 함께 한 시간 남짓 즐거운 시간을 보내고 이제 돌아가야 할 시간이 되었는데,

"그럼 난 가볼게."

"오늘 만나서 정말 반갑다."

"나도 반가웠어."

"맥주 세 잔 3천 엔, 소야 2천 엔, 총 5천 엔이네."

"응? 뭐라고?"

"총 5천 엔."

"소야 뭐라고 한 것 같은데."

"응, 소야가 2천 엔이야."

어디서 배웠는지 장사 더럽게 잘한다. 그 이후로 소야는 죽어도 안 먹는다. 혹여 소야라는 걸 그룹이 나오면 안티카페를 만들 것이고, 소야라는 제목의 영화에서 주인공을 시켜준다 해도 안 할 거다. 1년 뒤 오사카를 다시 찾아, 죽어도 소야를 먹지 않겠다는 일념으로 그 가게를 찾았을 땐 이미 문을 닫고 장근석 사진만 나풀거리고 있었다. 그래도 재밌는 친구였는데 아쉬운 마음이 든다. 어디선가

또 소야를 볶고 있겠지. 부자 돼라.

여하튼 여행은 이토록 흥미롭다. 어쩌면 평생 만나볼 수 없는 생면부지의 사람들을 만난다는 것도 설레는 일이다. 조금만 용기를 갖고 도전해보시길. 적지 않은 돈이지만, 적지 않은 경험과 사람을 얻을 수 있다. 대형마트에 가도 살 수 없는 것들이다.
꼭 값진 경험을 하고 돌아오시길 바란다. 혹시 일본에 가서 그 소야 볶는 수염 난 양아치, 아 그 친구 찾으시면 내가 꼭 만나고 싶어 한다고 전해주시길. 그때 소야 맛은 정말 일품이었다는 말과 함께 말이다. 한 번의 인연이지만 이토록 보고 싶을 수가 없다.

여행은 그런 것. 오히려 역향수를 불러일으켜 한동안 우울감에 빠져버리게 하는 그런… 당신의 평생에 그 무엇과도 바꿀 수 없는 여행을 단 한 번이라도 하시길 진심으로 빌겠다.

처음

2013. 10.

영화 현장엔 사람이 생각보다 굉장히 많다. 선장인 감독을 필두로 연출, 촬영, 조명, 사운드, 제작, 미술, 소품, 분장, 의상, 배우 등 100명 남짓한 인원이 분주하게 뛰어다닌다.

첫 장편영화 현장은 2010년, 〈파수꾼〉이라는 작품이었다. 예산이 극히 적은 독립영화였기 때문에 상업영화만큼 인원이 많은 것은 아니었지만, 그래도 단편영화만 찍어오던 내겐 모든 것이 꽤 충격적인 사이즈였다. 카메라도 크고 조명도 크고 사운드 장비도 크고, 작은 건 그저 이제훈의 머리 정도. 여하튼 나는 매니저도 없이 엄마 차를 끌고 현장을 다녔다. 개런티로 받은 돈은 기름값으로 다 날려

버리고, 라고 하기엔 기름값은 아빠 카드, 개런티는 용돈이었다. 철없다고 욕하지 마시라. 아직도 없으니까.

뭐가 됐든 첫 경험은 짜릿하다. 긴 영화의 주연으로 캐스팅되어 현장을 누비고 작품을 이끌고, 동료배우, 스태프들과 함께 웃으면서 일하는 그 현장이 얼마나 즐거웠는지 모른다. 현장에 늦은 적, 아니 웬만하면 그 누구보다 먼저 가 있었다. 모르겠다, 왜 그렇게 즐거웠는지. 추운 데서 벌벌 떨며 동료들을 맞는 게 마냥 좋았다. '쟨 뭔데 맨날 저렇게 빨리 와.' 하는 표정을 보는 게 재미있었다.

"왜 이렇게 빨리 왔어. 우리 정민이."
"못 일어날까 봐 안 자고 나왔어요. 뿌우."
"그럼 피곤해서 연기를 못하잖아. 우리 정민이."
"연기는 원래 못하니까 이렇게라도 해야죠. 뿌우."

식의 대화가 자주 오갔고, 역시 모르겠다. 그게 열정이고 애정이라고 생각했다. 시작이었고, 처음이었던 그 순간들을 지금 떠올려보면 마치 첫사랑 혹은 고향을 떠올릴 때의 그것과 비슷하다.

그런데 말이다.

그 기억을 잠시 잊고 있었다. 어딘지 모르게 모든 게 당연해져 버려 예전 같은 모습은 찾아보기 힘들어진 것도 사실이다. 나름의 열정이고 애정이었던 행동들이 이런저런 핑계로 뒷전이 됐고, 저렇게는 되지 말아야지 하는 선배들의 몇몇 행동들을 자연스럽게 하기도 한다. 참 재수 없다.(어떤 후배가 나의 이런 모습을 보고 절대 배우지 말아야지 하고 생각한다면, 꼭 그렇게 해주길 바란다. 근데 두고는 보겠다. 너도 쉽지는 않을 것이다.) 현장의 모든 '사람'이 소중하고 감사하던 그 시절, 그 기억을 더듬어 다시금 그때의 나를 부른다. 이리 와서 내 이미지 좀 관리해줘. 부탁해.

그게 뭐든지 혼자서 할 수 있는 일은 많지 않다. 집에서 혼자 연기를 하고 있으면 아랫집에서 윗집에 미친놈이 산다며 신고밖에 더 하겠는가. 집에서 혼자 쓰는 이 글도 중간중간 지칠 때마다 보는 소녀시대 사이타마 슈퍼 아레나 콘서트 직캠 동영상이 없으면 시일 내에 마감할 수도 없었을 테니, 소녀시대에게 이 영광을 돌린다. 기승전소녀시대. 소녀시대 파이팅이다.

가을이다. 하늘은 높고 식욕억제기능이 마비되는 이 날씨에 바싹 긴장하시고 각자의 방식으로 헤쳐나가시길 바란다. 참고로 백지장도 맞들면 낫다. 내가 해봤다. 우리 동네 사는 백수랑 백지장 맞들어봤다. 그러니 조금 더 베풀고 교감하는 가을이 되길 바란다. 본인도 동료들과 좀 더 가까워지기 위해서 예전의 내 모습을 찾아가고 있다. 내 방식대로 예전에 가졌던 그 열정, 그리고 그 방법. 다시 한 번 유념하고 해나가려 한다. 모두가 각자의 방법으로 이 쌀쌀한 외로움과 귓구멍을 간질이는 우울감을 털어버리길 진심으로 바란다.

물론 쉽지는 않겠지만, 다 잘 될 거다.

대종상과 홍콩

2013. 11.

2013년 11월 1일 제50회 대종상시상식이 있었다. 본의 아니게 〈전설의 주먹〉으로 신인남우상 후보에 올라 참석하게 됐다. 같은 작품에 출연한 박두식 친구와 함께 "누가 상을 받든 우리는 아닐 거니까 박수를 능숙하게 쳐주자."며 삼 일 밤낮 박수 치는 연습을 했고, 당일 우리는 아니나 다를까 지난 인생에서 쳤던 그 어떤 박수보다 능숙하고 현란한 박수를 칠 수 있었다. 황정민 형님과 함께 들어간 레드카펫에서는 뻐만 튕기면 가장 완벽한 로봇 춤을 완성시킬 수 있을 만큼 얼어 있었고, 대기실에서는 두식이와 복화술로 대화를 나눴다. 눈만 돌리면 존경하는 선배님들과 눈이 마주쳐 눈을 깔고 있었다. 찌질이류 갑이랄까. 그때 마침, 야탑동 다섯손가락*의 문자가 폭주한다.

'너 배우 맞냐?'

'배우냐? 로보트 줄ㅋ'

'황정민한테 배 한 대 세게 맞았냐?'

'아이유 나올 때 왜 안 일어나? 죽고 싶냐?'

'안 닥치면 죽일 거다. 닥쳐도 죽일 거야.'

어찌할 바를 모르겠는 약간의 공황상태에서 두 시간이 흐르고 식장을 나오자마자 보타이와 슈트 단추를 풀었다. 순간 어떤 감정이 훅 밀려들었다. 피가 끓는다고 할까. 하고 있는 연기를 조금 더 잘 하고 싶었다. 지금 당장 현장에 가서 연기가 하고 싶었다.** 근데 지금 당장 갈 현장이 없으니, 야탑동 다섯손가락 앞에서 정웅인 독백이나 해야겠다고 생각했다. 죽일 거다.
어쨌든 그 시상식장에서 십몇 년이 흐른 후 내 동료들과 장난스레 악수를 나누며 서로에게 박수 쳐줄 수 있는 배우가 되고 싶다고도 생각했다.(또 박수 쳐. 박수머신.)

* 야탑동에 같이 자란 다섯 명의 친구들을 말한다.

** 지금 생각해보면 왜 그랬는지 모르겠다. 상 받고 싶어서 그랬나.

누구나 할 수 있는 진부한 말일지 몰라도, 중요한 건 상이 아니고 상을 받아도 부끄럽지 않은 배우가 되는 것일 테다. 만 원 남짓한, 그 피땀 흘려 번 돈을 내고 영화관에 들어오는 관객들에게 거짓말하지 않는 배우가 되는 것일 테다. 진실된 눈으로 연기하는 배우가 되는 것. 마치 양조위처럼. 그래서 내가 지금 어디냐면.

홍콩이다. 부랴부랴 짐을 싸서 홍콩으로 떠나왔다. 영화에서 보던 것처럼 건물들이 참 '중경삼림'스럽고 길거리가 '첨밀밀'스럽다. 설렌다. 처음 와본 나라고, 이제훈이 좋아하는 나라고, 이제훈은 군대에 있으니까 홍콩의 한류스타는 나라고.* 그래서 설렌다. 홍콩 사람, 유럽 사람, 게다가 전 세계 관광객들이 섞여 정체성의 혼란을 느끼지만 그게 바로 홍콩의 정체성이라는 사실에 또 한 번 설렌다. 문제는 계획이 전무한 무차별여행이라는 거다. '홍콩은 양조위지.' 이 정도가 전부지만 일주일 후 나는 홍콩과 꽤 좋은 친구가 되어 있을지도 모를 일이다. 이제훈이 왜 그렇게 홍콩에 환장하는지 지금부터 느껴봐야겠다.

사실, 멘탈이 엉망이다. 뭔가 복잡하고 어지럽고 두려울 땐 떠나

* 펀치라인이 기가 막히다. 〈변산〉은 이때부터 이미 정해져 있었는지도 모른다.

버리는데 어김없이 이곳에 와 있다. 버리고 버리고 버리고 버리고 버려도 버려지지 않을 지경에 이를 때쯤 돌아가서 다시 제자리에서 생활하는 게 습관이 되어버렸다. 어느 순간 말이다. 여권에 도장 모으기. 열 번 모으면 한 번 공짜 이런 거 있었으면 좋겠다. 여하튼 벌써 올해만 해도 세 번째 여행이다.(어지간히 유리멘탈인 모양이다.) 이번엔 홍콩의 밤거리에 찌꺼기들을 버리고 돌아갈 생각이다. 10개월 동안 먹먹했던 감정의 편린들과는 이제 좀 헤어지고 싶다. 비우고 비우고 비우고 또 비우고 비워서 다시 또 다른 인생을 만나 사람들에게 보여줘야겠다. 그 인생으로 숨쉬기 위해서 다시 호흡을 가다듬고 돌아가겠다.

벌써 11월. 다들 올해 목표는 어느 정도 달성하셨는지. 나는 거의 못 지킨 것 같다. 그나마 다행인 게 두 달이나 남았다는 거다. 두 달 동안 열심히 달려야겠다. 우선 탈색과 염색에 지쳐 빠지기 시작한 머리카락을 한방 샴푸와 트리트먼트로 찰랑거리게 만들고, 운동도 열심히 하고, 올해가 가기 전에 또 한 번 다른 인생을 살 수 있었으면 좋겠다는 바람이다. 여러분도 꼭 두 달을 잘 이용하시기 바란다. 그리고 내년에는 새로운 계획 같은 거 짜지 말고 지금 하는 거 쭉 해나가길 바란다. 한 살 더 먹으면 살이나 찌겠지만 느낌 아니까, 뭐가 됐든 해내자는 거다.

휴식

2013. 12.

이번 호는 작가의 사정으로 인해 한 달 쉽니다.

그렇다. 별 사정이 없다는 사정으로 인해 벌써 한 달째 쉬고 있다. 몇 개의 작품을 연달아 끝마치고 여유롭게 홍콩에 갔던 게 벌써 한 달째. 아직도 여유롭게 분당 야탑동의 어딘가를 배회하고 있다. 무슨 국회의원이라도 나가는 양, 이곳저곳 돌아다니면서 웃음을 팔고 붕어빵을 얻어먹으며 삶을 지탱하고 있다. 갓 정년퇴임한 중년의 사내처럼 집에서 먹고 자고 TV 보고 먹고 자고 하다 보니 갓 정년퇴임한 중년의 사내인 아버지가 자기도 그렇게는 안 산다고 타박을 하신다. 그냥 홍콩 야시장에서 옷 장사나 하면서 눌러앉지 뭐

하러 한국에는 왔냐고 하신다.

…

그 옷 장사하는 놈들한테 사기당해서 돈을 다 써서 한국에 돌아왔다는 말은 차마 못하겠어서, 그냥 문을 쾅 닫고 방으로 들어갔다. 다음 달 카드 고지서는 꼭 내가 인터셉트하겠어.

〈들개〉라는 독립영화를 촬영하고 〈키사라기 미키짱〉이라는 공연을 올리고, 〈전설의 주먹〉 홍보에 이어 〈태양을 향해 쏴라〉, 〈피끓는 청춘〉, 〈신촌 좀비 만화〉라는 작품을 연달아 마치니 한 1년이 지나 있다. 처음이라 그래 며칠 뒤엔 괜찮아져 그 생각만으로 벌써 1년이 지나버렸다. 아빌리빈유 아빌리빈여만 벌써 1년이 지났다. 그 짧은 시간 동안 수많은 사람들을 만나고 의지하고 혼나고 싸우고 하면서 조금은 성장해 있다는 걸 느끼기도 한다. 아프면서 성장하는 유형의 인간이라서 그런지 사실 그 과정에서 마음고생을 많이 한다.

'안 그래도 부족한 놈한테 뭔가 또 한 가지를 앗아가버리면서 그렇게까지 성장을 시키고 싶냐. 이놈의 세상아.'

하며 소주 먹고 소리치며 울다가 성남시청 앞 공원의 그늘에서 잠들어버린 적도 있다. 그늘이 반만 걸쳐 반만 타버린 내 얼굴 예쁘기도 하지요. 그래도 '앞으로는 공원에서 잠들지 말아야지.' 혹은 '앞으로 공원에선 술 마시지 말아야지. 마셔도 선크림 바르고 마셔야지.' 하는 교훈을 얻고 또 성장했다. 성장해버렸다. 성장쟁이다. 이놈의 성장판은 언제 닫히려는지.
뭐 아무튼 어느새 한 달의 휴식을 얻게 된 셈이다. 이게 부디 1년이 아니길 바라지만 뭐 이렇게 혼자서 여기저기 다니면서 부리는 여유가 싫지만은 않다.

홍콩에 란콰이펑*이라는 유흥가가 있다. 밤이 되면 홍콩 사람, 중국 사람, 유럽 사람, 그리고 각국의 관광객들이 몰려들어 인산인해를 이루는데, 대부분이 펍이나 바 혹은 클럽이고 시끄러운 음악들이 섞여 나온다. 개중에는 싸이의 '젠틀맨', 지드래곤의 '삐딱하게' 등 한국 노래들도 들린다. 그곳에서 1년 동안 케케묵었던 모든 체증과 짜증을 전부 다 풀어버리고 왔다. 돈도 적당히 홍청망청 쓰며 술을 마시고 친구도 사귀고 하면서 말이다.

* 우리나라로 치자면 홍대 느낌의 번화가다.

"헤이 웨어 아유 후롬."

"오우 아임 프롬 프랑스, 앤 유?"

"오 아임 코리안, 지드래곤스 네이션! 지드래곤 이즈 마이 후렌! 왓 쭐 넴?"

"아임 오뜨맨! 앤 유?"

"오뜨맨? 와우 스페셜 네임! 아임 쫑민! 나이스 미 쭐!"

"미 투! 디스 이즈 마이 뿌렌!"

"와우! 뷰리풀! 웨어 아유 후롬!"

"한국 사람이에요."

…

"지드래곤은 거짓말입니다."

"알아요. 그럴 거 같아요. 뭐 하시는 분이세요?"

"배웁니다."

"뭐 배우시는데요?"

"아니 배우라고요."

"아… 못 봤는데. 엑스트라?"

"뭐 중요한가요. 들어가서 노시죠."

"어? 권오중?"

"들어가라고."

한 달이 지난 지금 이런 여유들은 이제 조금 뒤로하고 또 무언가를 해보려고 한다. 누군가의 작품에 나올 여력이 되지 않는 상황이라면 내가 무언가를 만들어도 좋지 않을까 하는 마음에 지금 동료 몇몇과 작당을 하고 있다. 부족한 것을 찾고 보완하고 그다음에 또 누군가의 작품에서 내 능력을 보탤 수 있다면 그 또한 어떠한 성장의 발판이 되겠지 하는 마음이다. 날 믿고 써주는 사람들에게 나의 베스트를 보여주는 건 당연한 거고, 그 베스트가 이전의 베스트보다 베터(Better)하게 만드는 건 매번 배우가 해내야 할 숙제일 거다.

이제 곧 성탄절과 함께 연말연시가 다가온다. 올 초 다짐했던 목표들 얼마나 이루셨는지. 그런데 뭐 또 사실, 매년 못 이루는데 올 한 해 못 이뤘다고 죽지도 않고, 그리고 뭐 또 사실, 그리 실망스럽지도 않다. 왜냐면 하룻밤만 자면 연말이 연초가 돼버리니까 다시 마음먹으면 그만인 셈이다. 그저 작년보다 올해가 조금만 더 나이스하다면 그걸로 충분하다.

올 한 해 어떤 성장을 이루셨는지, 그리고 내년엔 또 어떤 성장을 이뤄내실 건지. 곰곰이 생각해보시라. 아마 잘 모를 거다. 하지만 이건 확실하다. 어제보단 오늘이 더 낫다. 당신들의 성장판도 평생 열려 있을 테니까 말이다.

모두 올 한 해 수고 많으셨다.

2부

새해 복

2014. 01.

매년 12월의 막바지 혹은 1월 초가 되면, 휴대폰을 부여잡고 여기저기 새해 인사를 돌리기 바쁘다. 약간은 강박적으로 새해 복 많이 받으시라고 여기저기 전파를 쏴대는 것도 있다. 혹시 '새해복많이받으세요'라는 단어가 있는 것은 아닐까 싶을 정도로 익숙하다. 사전을 찾아보니 그런 단어는 역시나 없다. 어느 해였는지 잘 기억은 나지 않지만, 20대 초반 때였던 것 같다. 평소 존경하던 은사님에게 문자메시지가 하나 도착했다.

'새해엔 복 많이 주는 사람이 되길.'

어라, 이게 뭐지. 지금 나한테 끼 부리나. 당신은 선생이고 난 학생인데, 라는 생각도 잠시, 굉장히 멋있다는 생각이 들었다. 매년 강박적으로 날리던 새해 복 많이 받으라는 인사보다 책임감 있고, 굵직한 에너지를 담고 있는 것 같았다. 그래서 아는 형에게 써먹어봤다. 이런 건 또 써먹어야 제맛 아니겠는가.

'형, 새해엔 복 많이 주는 사람이 되세요. 정미니 드림.'
'정미니 실성했니. 굉장히 시건방지구나.'
'멋있지 않아요? 정미니 올림.'
'이런 XX놈의 정미니 지금 어디야?'
'정미니 업따. 찾아보심롱.'

며칠 뒤 대학로 마로니에 공원에서는 30대 초반의 남자가 20대 초반의 남자를 심히 꾸짖는 연극을 볼 수 있었다는 후문이다. 그리고 그렇게 20대 초반의 정미니는 그 다음 해부터 조금은 다른 새해 인사를 한다.

'형님, 새해에는 조금이나마 복 드릴 수 있는 정민이가 되겠습니다.'

어떠한 방식으로든 내가 사랑하는 사람들에게 복이 될 수 있는 사람이 되었으면 좋겠다. 예를 들면, 갑자기 너무 키우고 싶은 강아지 한 마리를 사서 엄마 생일 선물로 둔갑한 후에 집에 들인 후 그 이름을 '복'이라고 지으면 그것도 복 드린 셈이다. 그래서 우리 집 개 이름이 '복'인 건 함정. 어쨌든 칙칙하던 집 분위기를 우리 복이가 화목하게 만들었으니 그 또한 복이 아닌가 싶다. 자, 강아지를 키우고 싶은데 엄마가 반대해서 못 키우는 독자 여러분께 하나의 팁을 드렸으니 이것도 복이다.

새해에는 조금 더 건강해지시고 나이스해지시기 바란다. 결단력 있는 한 해가 되시길 바라고 끝은 창대한 해가 되시기 바란다. 주변에 떠나는 사람이 없기를 바라고 사기당하지 않기를 바란다. 꽃

샘추위가 오지 않았으면 좋겠고 전기세 아끼는 에어컨이 나왔으면 좋겠다. 벚꽃과 단풍이 좀 더 오래 떨어지지 않았으면 좋겠고 개천의 돌다리가 조금 더 높았으면 좋겠다. 정말 새해에는 기적 같은 일이 벌어졌으면 좋겠다. 진짜로 일어날지도 모른다. 기적.

본인은 벌써 새해에 복 하나를 받았다. 친구가 스키장에서 뇌진탕에 걸려 온 것이다.

'나 스키 타다 넘어져서 뇌진탕 걸림. 기억이 잘 안 남.'
'헉, 어떡해. 진짜 다행이다.'
'뇌진탕 걸려서 글씨도 이상하게 보임. 다행이다, 라고 보이네.'
'진짜 심각한 듯. 어디까지 기억 안 남?'
'부분적으로 기억이 안 남. 님 누구?'
'8 하면 기억나는 거 없어?'
'아 기억남, 8만 원.'
'…어디임? 스키 한 번 더 타러 가자.'
'내가 누구 8만 원 줘야 되나?'

응. 맞아 친구야. 내가 너한테 꾼 8만 원을 네가 나한테 갚아야 되는 거야. 역시 넌 17년지기 복덩이. 여러분도 내년에는 이렇게 착하지만 멍청한 친구 만들기 바란다. 행복은 가까운 곳에 있다. 그리 멀리 있지 않다.

새해라 두서가 없다. 어쨌든 나 또한 계속 그 자리에서 묵묵히 해나가겠다. 꿋꿋이 걸어가 보겠다. 여러분도 그대들이 있는 자리에서 서로의 복이 될 수 있게 맡은 바 최선을 다하시길 빌겠다. 우리 모두 정상에서 만납시다. 정상의 공기가 여기보단 나을 거라 기대하고서 말이다.

영화 같은 인생

2014. 02.

참 싫다. 영화 같은 인생 말이다.

옆집 꼬마가 악당들에게 잡혀가 그 아이를 구한답시고 거울을 보며 삭발을 하고, 금이빨 빼고 다 씹어 먹어주겠다는 세상 들어보지 못한 험한 말을 하고, 게다가 차 안에 있는 악당에게 총알을 발사하는데 "이거 방탄유리야 이 개새끼야."라는 험한 말을 듣는*, 그런 인생은 생각만 해도 참 번거롭고 끔찍하다.

* 영화 〈아저씨〉 차용

아 너무 끔찍하다. 그나마 사랑스러운 비유를 해보겠다. 내 첫사랑이 수지다. 그 수지랑 철길도 걷고, 김동률 노래도 듣고, 버스정류장에서 뽀뽀도 했다. 근데 그 수지가 술에 취해서 칠봉이랑 같이 자취방으로 들어갔다. 그걸 내가 내 눈으로 목격했다. 그런 수지한테 "꺼져."라고 말한 이제훈이 존경스럽다. 나 같으면 '한 번만 안아보자'고 했을 텐데. '그래도 수지는 좋겠다'라고? 수지는 나중에 커서 한가인이 되었지만 이혼을 하는데 엄태웅이랑도 안 이어짐.* 망함.

영화 같은 인생은 이토록 파란만장하다. 이종석이 토익 공부를 열심히 해서 대기업에 취직해 30년 정년을 아주 순탄하게 마치고 은퇴 후 귀농하여 고구마를 심는 영화는 재미가 없겠지만 이종석이 토익 공부를 열심히 하다가 도저히 안 돼서 귀농 후 고구마를 심었는데 거기서 민들레가 나는 영화는 재미가 있을 거다.** 파란만장하니까 말이다.

이런 파란만장한 인생을 표현하기 위해서 배우들은 그 역할의 세

*　영화 〈건축학개론〉 차용

**　영화 〈민들레 이종석되어〉 차용하려 했으나 그런 영화 없음

세한 부분까지 모두 분석을 한다. 그 인물이 갖고 있는 기본적인 특기는 물론이거니와 작은 버릇과 말투, 표정까지 하나하나 세세하게 분석을 하고 표현해낸다. 얼마나 세밀한가, 얼마나 정확한가, 얼마나 특별한가, 얼마나 새로운가의 싸움이라고도 볼 수 있을 거다. 얼마나 그 인물에게 다가가는가, 그리고 그 인물을 얼마나 내게 끌어오는가의 과정을 거치면서 어느새 자연스럽게 그 인물이 되어버리기도 한다.(고들 한다. 나도 그래보고 싶다.) 매 작품 그런 것들을 훌륭하게 표현하는 배우들이 있다. 인고의 노력 끝에 화선지 위에 일필휘지로 시대의 명필을 써내려 가는 서예가처럼 그들의 표현은 간결하고 매끄럽지만 그것이 전혀 가벼워 보이지 않는다. 그리고 스크린 안의 혹은 무대 위의 그 인물은 굉장히 파란만장해진다. 심지어 그 번거로운 영화 같은 인생을 한 번쯤 살아보고 싶게 만들어버리는 것이다.

한 달 조금 넘게 내가 아닌 다른 사람으로 살아보려 하고 있다. 지금까지의 다른 사람과는 조금 차원이 다른, '다른 사람'이다. '절망'과 맞닿아 있는 사내다. 어느 철학자의 말을 빌리자면 죽지도 못하는 상태가 '절망'이라고 한다. 그 사내에겐 아무도 없고, 아무것도 없다. '죽어야 한다.'가 아닌 '살고 싶다.'라는 마음으로 살아가는 이 사내는 죽지도 못하는 '절망'의 상태에 있다. 마지막으로 이 지굿지굿한 삶에 구원을 얻어보려 자기가 진심으로 사랑했고 사랑하고 있는 한 여자를 자기가 있는 공간으로 부른다. 지금 준비하고 있는 연극의 인물이다. 절대로 이렇게 살고 싶지는 않은 사람의 삶을 살고 있다. 그 마음을 이해하고 그 마음을 표현하려 애쓰고 있다. 조금은 어둡지만 아주 작게나마 '절망'을 맛본 사람이라면 충분히 공감할 만한 극을 만들고 있다. 무대 위에서 한 시간 동안 관객들에게 일필휘지의 강렬한 이미지를 선사하려 한다. 〈G코드의 탈출〉. 참고로 내가 내 돈 내고 만드는 거다. 도와주십쇼. 잘할게요.*

아니, 아무튼 영화 같은 인생 참 힘이 든다. 하지만 결국 힘이 들어도 이런 인생도 있다는 걸 관객들에게 보여주기 위해 본인뿐만이 아니라 수많은 배우들이 밤을 지새우며 활자와 싸운다. 살아보지도 않은 인생을 내가 할 수 있는 최선으로 그럴싸하게, 있음직하게 표현해야 관객들이 최소한의 감동을 느낄 것이다.

영화 같은 인생을 표현하기 위해 배우들은 이렇게 영화 같은 인생을 살고 있다. 그리고 물론, 이 글을 읽고 있는 당신의 인생도 당신이 아닌 누군가에게는 한 번도 살아보지 못한 영화 같은 인생일 것이다.

* 많은 이들의 관심과 애정 속에 전 회 매진을 기록했다. 도와주셔서 감사하다.

영화 같은 인생을 사시느라 수고가 많다. 그래도 우리 모두 '절망'치 말고 고구마를 심은 곳에 민들레가 나도 껄껄 웃으면서 살아가자. 어차피 끝내는

전부 다 잘될 테니 말이다.

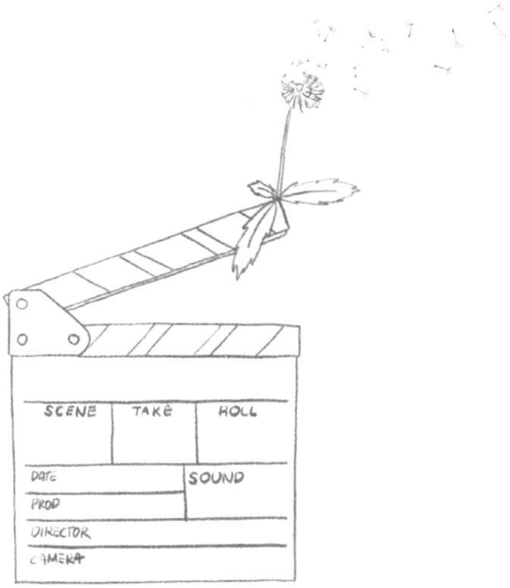

책

2014. 03.

2004년, 19년 동안 책을 한 권도 읽지 않은 놈이 영화를 하겠다며 한 예술학교에 지원을 했다.

'해변가를 걷는다. … 파도의 저 소중하고 고결한 몸부림에 경의를 표한다. … 태양과 걸었던 손가락을 풀고 시계를 본다. … 다시 뚜렷해져가는 발자국 속에 햇살 가득한 내 안도의 미소가 투명하게 비친다….'

따위의 문장으로 가득 찬 아주 예술적인 자기소개서*를 내고 면접장으로 들어갔다. 당시 면접관으로는 김성수 감독님(이하 김), 이창

동 감독님(이하 이), 박종원 감독님(이하 박)이 계셨다.

김 : 너 자기소개서를 왜 이렇게 쓰냐?

나 : 저의 문학세계를 표현한 거라고 생각합니다.(책이라곤 읽어보지 못했음)

김 : 자기소개서가 뭐냐?

나 : 자기소개하는 거요.

김 : 근데 왜 이렇게 쓰냐?

나 : 하나의 표현 방식이라고 보는데요.(표현 방식 없음)

김 : (2차 시험 답안을 보며) 너 글은 또 왜 이렇게 쓰냐?

나 : 문제가 있나요?

김 : 이걸 영화로 만들 수 있겠냐?

나 : 모기의 시점으로 영화를 진행하는 독특한 방식을 채택했습니다.(작년에 벌의 시점으로 진행하는 글을 쓴 사람이 합격했다는 말을 들은 열아홉의 패기)

김 : (절레절레) 너 좋아하는 소설가 있냐?

나 : (헉! 당황했지만 어제 친구가 보던 소설책을 떠올리며) 요시모토 바나나요.

* 이따위 자기소개서를 정동진씩이나 가서 썼다.

김 : 근데 왜 글을 이렇게 쓰냐고!

나 : 좋아하는 작가와 추구하는 문체는 다를 수 있다고 생각합니다.

이, 박 : 풉.

김 : 너 여기 떨어지면 어떻게 할 거냐.

나 : (주제에 자존심은 있어서) 서울대 갈 건데요.

김 : 서울대 가라.

그렇게 면접장을 나왔다. 이렇게나 싸웠으니 분명히 붙었다고 생각했지만 떨어졌다. 더 대박은 뭔 줄 아는가. 서울대도 떨어졌다. 망했다고 생각했다. 어쨌든 그 면접 이후로 책을 읽기 시작했다. 김영하, 박민규로 시작하여 무라카미 하루키, 에쿠니 가오리, 도스토옙스키, 카뮈까지 알지도 못하는 글들을 마구 읽어 내려갔다. 그리고 다음 해,

'안녕하세요. 제 이름은 박정민입니다. 한일고등학교를 졸업하고, 지금은 새벽에 신문을 돌리고 저녁엔 카페에서 아르바이트를 하고 있습니다.'

따위의 문장으로 가득한 아주 포멀한 자기소개서를 내고 면접장으로 들어갔다. 아쉽게도 전년도 챔피언 김성수 감독님은 계시지 않

았고 대신 이번엔 박종원 감독님(이하 박)이 신홍 강자로 나서셨다.

박 : (한눈에 알아보고) 서울대 갔냐?

나 : 못 갔는데요.

박 : 왜?

나 : 떨어졌는데요.

박 : 왜?

나 : (싸우고 싶다.) 성적이 모자라서.

박 : (나의 흰색 정장 재킷을 보고) 그 옷은 어디서 샀니?

나 : 인터넷에서요.

박 : (나의 블랙 & 화이트 체크 중절모를 보고) 그 모자는 어디서 샀니?

나 : 같은 데서요.

박 : (나의 빨간 손목시계를 보고) 그것도?

나 : 이건 동대문이요.

박 : 네가 사니?

나 : 신발은 엄마가 사줬는데요.

박 : 집은 어디니?

나 : (뭔가 이상하다.) 분당인데요.

박 : 먼데. 여긴 어떻게 왔어?

나 : (쓸데없는 질문이다.) 전철 타고 왔는데요.

박 : 그래 수고했다. 갈 때도 전철 타고 가니?

나 : (참을 수 없다는 표정으로) 제가 약간 마지막에 반전을 주는 방식으로 글을 한번 써본 건데 어떠신가요?

박 : 책 좀 읽었나 본데, 많이 좋아졌어. 학교 와서 물어봐.

나 : (애써 기쁨을 감추며) 네, 그럼 20000. 총총.

그렇게 1년 동안 책과 영화를 섭렵하며 학교에 들어갈 수 있게 되었다.

Ep1. 한 학기 다니고 군대에 다녀온 후 어느 날, 화장실에서 박종원 감독님과 마주쳤다.

"그때 제가 마지막에 반전을 주는 방식으로 글을…"

"응, 누구니?"

"병장 박정민. 죄송합니다."

역시 결말은 반전이 짱이다.

Ep2. 그로부터 약 7년 후, 김성수 감독님은 〈감기〉라는 영화에 나를 캐스팅해주시기에 이른다. 그때 그 이야기를 하니 감독님은 기억이 안 난다며 먼산을 바라보신다.
역시 결말은 열린 결말이 짱이다.

요지는 책을 읽자는 거다. LCD에서 반짝거리는 글자와 책 속에 진득하니 박힌 활자는 엄연히 다르다고 생각한다. 조금은 보수적인 성향 때문에 이런 진부한 이야기를 하는지도 모르겠지만, 그 책이 자신의 인생을 바꾸어 줄 수도 있다는 거다. 책을 통해서라면 아버지를 이해할 수도 있고, 좌절한 자를 사랑할 수도 있고, 형사가 되어 범인을 쫓을 수도 있고, 헤어진 연인과의 기적 같은 재회도 가능하다.

서점으로 가서 그 어떤 책도 좋으니 잘 읽힐 만한 책을 한 권 사서 집으로 오길 권한다. 그리고 머리맡에 놔두시라. 그럼 언젠가는 읽게 될 테고 당신의 내일이 조금 더 영리한 하루가 되는 듯한 느낌을 받을지도 모른다.

책, 책, 책, 책을 읽읍시다.

수첩

2014. 04.

내 책상 한쪽엔 수첩 하나가 고이 놓여 있다. 불현듯 든 생각이나 간밤에 꾼 기막힌 꿈들을 적어놓는 종이뭉치다. 수첩 맨 앞 하드커버에는 검정색 사인펜으로 '썩어빠진 당신의 무엇'이라 적어놓았다. 왜 그렇게 적어놨는지 모르겠다. 그리고 그 수첩이 문득 보일 때마다 열어 보면 내가 이걸 왜 적어놨지 하는 것들 또한 태반이다.

1번 케이스. 전혀 말이 안 되는 알 수 없는 단어의 조합형

'정민철* 폭풍커브, 하늘색 벽지로.'

'유자 냄새 커피 한 잔 2500원.'

2번 케이스. 연기 열정 가득한 에세이형(a.k.a. 허세형)

'퇴보한다고 느끼는 건 어쩌면 당연한 일.'

'근데 더 퇴보하면 낭떠러지 호잉.'

'꼭 여자주인공 해보기.'

3번 케이스. 명언형

'유명해지기 위해 사용할 그 어떤 에너지도 남아 있지 않다.

-게리 올드만'

4번 케이스. 이별 후 아픔 승화형**

'나 왜 버려, 이 계집애야. 내 눈앞을 가리는 게 눈물인지 눈곱인지 알 수가 없다.'

팔에 돋는 소름이 고름이 되어 터져버릴 것 같은 지경에 이른 순간, 한쪽 면에 덩그러니 묻어 있는 문장 하나가 그럴듯하다.

* 한화이글스 전설의 투수. 그의 등번호는 영구결번이 되어 한화이글스에선 그 누구도 23번을 쓸 수 없다.

** 사실 이 유형이 가장 많다. 많이도 차였다.

'가만히 보면, 모두가 의외로 살아 있다.'

제목도 없는 이 한 문장의 (시라고 하기에도 뭐한) 시를 보면서 갑자기 많은 생각이 든다.

살고는 있구나. 굉장히 의외지만 다들 살아 있긴 하구나. 죽지 못해 살더라도 살아는 있구나.

꽤나 큰 메리트다. 살아 있다는 것 말이다. 밥을 먹을 수도 있고 잠을 잘 수도 꿈을 꿀 수도 있다. 꿈에서 정민철이 하늘색 벽지로 폭풍커브를 던지는 것도 볼 수 있다. 어제 부장님한테 혼꾸멍났어도 살아 있으니 오늘은 혼꾸멍 안 날 수 있는 기회를 부여받았다. 이틀째 한화이글스가 역전패를 당했어도 살아 있으니 오늘은 역전승을 구경할 수 있는 기회를 부여받았다. 그리고 그 부장님도 한화이글스의 선수들도 살아 있으니 곧 좋은 모습을 보여줄 수 있는 기회를 부여받았다.* 그러니까 제발 좀 이겨라. 어제 낮술 먹고 야구 보다가 역전당하는 거 보고 또 술 먹었어. 나 이러다 죽으면 어떡해. 죽

* 2018년도에 드디어 좋은 모습을 보여주었고, 2019년도에도 좋은 모습을 보여주다가… 말을 아끼겠다.

으면 손해배상 청구할 거다.(정말 곧 해야 될 것 같다.)

살아 있다는 건 경험 속에 있다는 거다. 나는 지금 노트북에 묻은 짜장면 국물을 한 달 동안 지우지 않으면 결국 지워지지 않는다는 것을 경험했다. 난 맨날 경험해. 경험쟁이야. 아무튼 경험하다 보면 아프기도 하고 슬프기도 하고 그렇다. 새롭게 배우기도 하고 적응이 되기도 한다. 그러면서 괜찮아지는 것일 테다. 생각해보자. 이글스가 13연패 하니까 "뭐 괜찮아 난 이글스라 행복하거든." 하지, 라이온즈**가 13연패 했다고 쳐보자. 아마 그날 대구 동성로에는 파란 줄무늬 유니폼을 입고 소주를 마시며 "내한테 우째 이랄 수가 있노. 우째 나한테 이런 시련을 주냐 마리다."라고 울고불고하는 팬들로 가득 찰 거다. 그래서 우리가 행복한 거라니까. 난 이글스라 행복합니다.

그리고 또 한 가지, 나만 살아 있는 게 아니라는 거다. 생각지도 못하게 당신 주변엔 꽤나 많은 사람들이 살고 있다. 가만히 눈을 감고 생각해보자. 얼마나 많은 사람들이 당신 주변에 살고 있는지. 그리고 지금 이 시간에 어디서 뭘 하고 있을지. 놀라운 일이다. 굉장히

** 라이온스 팬들도 힘내라.

의외다. 살아 있을 줄 몰랐는데, 살아 있다는 거다. 어디서 뭘 하고 있을지는 잘 모르겠지만 상관없다. 그냥, 고마워하면 된다. 살아 있어 줘서 고맙다. 갑자기 보고 싶어졌을 때 볼 수는 있게 살아준 당신이 참 고맙다, 라고 생각하자는 거다.

'고맙습니다. 거기서 뭐 하세요. 뭘 하시든 고맙습니다.'

수첩에 적힌 이상한 글자들이 지금의 나에게 큰 위로가 된다. 스물다섯의 내가 스물여덟의 나를 위로한다. 동생 주제에 꽤나 위로를 잘한다. 가끔씩 느끼는 감정의 요동을 글자로 남겨보길 바란다. 그중 8할은 훗날 이불을 걷어찰 글자들이지만 그중에는 분명 나를 세워주는 글자가 있을 것이다. '정민철의 폭풍커브.' 말도 안 되는 글자지만, 난 아직도 폭풍커브를 던지는 게 꿈이다. 살아 있는 한, 언젠가는 나도 각도 큰 변화구를 던져볼 수 있을 것이다. 그러니 계속 살아가시길 바란다. 직구만 던지면 얻어맞기 일쑤니, 변화구도 섞어가면서 살아가시길 바란다. 사는 데는 9회말도, 역전패 같은 것도 없을 것이다. 당신도 누군가에게는 의외로 잘 살아가고 있는 한 사람일지 모른다. 이길 때까지 그렇게 계속 살아가시길 바란다.

당신 지금 아주 잘하고 계신 거다.

찌질이

2014. 05.

평범한 유전자를 지니고 태어나, 머리부터 발끝까지 평범함을 흘리고 다니던 학창 시절, 있는지 없는지 모르는 마치 귀신영화의 그 귀신처럼 압도적인 무존재감, 그리고 그건 현재분사로써, 지금까지 이어지고 있다.

예를 들어, 압구정동 언저리에 멍하니 서 있으면 어느새 청담동 아주머니가 고급 외제차 키를 살며시 건네기 일쑤다. 그럼 나는 그 키를 받아 발레파킹 아저씨한테 살포시 건넨다.

"저쪽 분께서 발레파킹 주문하셨습니다. 찡긋."

또 예를 들면, 야외 촬영 중에 액션을 기다리며 집중하고 있는데 본인 앞으로 승용차 한 대가 살포시 정차하고 창문이 징 내려간다. 아주머니 왈,

"여기 이렇게 길을 막고 촬영하시면 안 되죠. 아저씨."
"네?"
"여기 사는 사람도 생각해주셔야죠. 왜 길을 막고 찍어요."
"그렇죠. 저 사람들 이상하죠. 저도 지금 그 생각하고 있었어요."
"스태프 아니구나. 죄송해용."
"아닙니다. 제가 경찰서에 신고할게용."

못하는 것도 없지만 잘하는 것도 딱히 없는, 잘생기지 않았는데 개성 있게 생겼다기엔 한 끗이 부족한, 못돼 처먹진 않았지만 그렇다고 저걸 착하다고는 할 수 없는, 아주 애매한 선상에 위치한 인간, 이른바 과도기적 인간, 나쁘게 말하면 그냥 좀 찌질이 정도로 표현할 수 있겠다. 그랬었던 한 소년이, 곱슬머리 안경잡이 공붓벌레 구타유발자 타이틀을 동시에 석권한 한 학생이 지금 남들 앞에서 연기를 하고 있다. 명절 때 고향에 내려가면 큰어머니들이 "우리 정민이는 인물이 훤해. 잘생겨서 좋겠다."라고 습관처럼 그 실언들을 내뱉지만 않으셨어도 본인은 이 자리에 없었을 거다. 그리고 그들

은 지금 "솔직히 정민이가 잘생긴 건 아니지. 연기파지 연기파."라며 책임을 회피하고 있다.
회피 스킬 +1 되셨습니다. 축하합니다.

아직도 집중 받는 걸 극히 혐오하고, 사람이 많은 공간에선 숨조차 제대로 못 쉬는 인간이 연기는 어떻게 하느냐고 묻는 사람이 많다. 그럼 나는 이렇게 대답한다.

"그래서 연기를 합니다."

화도 잘 못 내고, 좋으면 좋은 티도 안 내고, 눈치 보고, 쭈뼛쭈뼛 전형적인 찌질이의 모습이 싫어서, 연기를 한다고 얘기한다. 무대 위에선, 카메라 앞에선 내가 화내는 걸 사람들이 이해해주니까. 내가 웃는 걸 사람들이 건방지다 하지 않으니까. 그래서 연기를 한다고 얘기한다. 그래서 그 순간만큼은 딱 그 연기하는 순간만큼은 재미가 있다. 감독님의 "컷!" 소리 후에는 무시무시한 자괴감이 찾아오지만 뭐 그 순간만큼은 즐거우니 더할 나위 없다 하겠다.*

* 하다 보니 이게 또 늘 즐겁지만은 않다.

근데 갑자기 이 얘기는 왜 하느냐, 뭐 우리더러 연기하라는 거냐, 라고 하신다면, 뭐 그것도 나쁘지는 않겠다 말씀도 드리겠지만 가장 하고 싶은 말은,

"찌질이들이여, 힘내라."

라는 거다. 이 세상의 8할은 찌질이 아닌가. 난 찌질이 아니니까 들을 필요 없다고 생각하는 당신이 찌질이일 가능성이 가장 농후하다. 아직 많은 나이는 아니지만 한 살 한 살 먹을수록 내 이야기를 털어놓을 사람이 급격히 줄어들고 어느새 방 안에서 소주 한 병과 샅바씨름을 하고 있는 나를 발견한다. 그리고 찌질이가 아니라고 생각하는 당신도 어느 순간 그러고 있는 자신을 발견할 것이다.

"찌질이들이여, 해방구를 찾아라."

분명 해방구는 있다. 미국 대통령의 조카사위가 되는 게 해방구라면 뭐 그것조차 해방구는 존재하니 해방 좀 하자는 거다. 너무 그렇게 찌질하게 방 안에서 자책하고 있을 필요 없다. 좀 잔인하지만, 사실, 세상은 당신들한테 큰 관심이 없다. 그러니 크게 걱정 말고 해방구를 향해 뚜벅뚜벅 걸어가길 바란다. 얻어맞고 다니기 일쑤

였던 한 소년이, 딱 12년 후 한 영화에서 누군가를 쥐어 패기도 하고 그런다. 놀라운 일이다.

행복했으면 좋겠다. 우리처럼 평범한 사람들도 행복할 수 있다는 걸 보여줬으면 좋겠다. 꼭 그렇게 됐으면 좋겠다. 찌질하다의 반대말이 뭔가. 특별하다? 잘나간다? 바지통 6반으로 줄이고 머리에 젤 바르는 상남자스타일? 아니, 찌질하다의 반대말은,

찌질했었다.

라고 할 수 있겠다.

모두, 행복하시라.

노력의 천재

2014. 08.

"목이 마를 때 물을 생각하듯이, 자연스럽게 다가올 그 때를 기다려. 충실히, 성실히, 절실히. 길게."

서른일곱 살의 박원상(선배님)이 스무 살의 내게 해주셨던 말씀이다. 술 먹고 하신 말씀이라 본인은 기억 못하시겠지만, 당시 그 말에 용기를 얻은 배우 지망생 박정민은 아직도 그 문장을 마음에 품고 지낸다. 이 외에도 술 먹고 하신 말씀이 몇 있는데 "너 잘해라. 내가 지켜보겠어." 혹은 "즐겁게 해라. 즐겁게 해야 한다." 혹은 "나 버리고 먼저 가. 난 더 마실게." 그래서 홍대에 고이 버려드리고 먼저 도망쳤다. 나같이 말 잘 듣는 후배도 드물다.

좌우지간, '긴 호흡'을 갖고 가라는 그 말씀이 문득 가슴을 치는 요즘이다.

당시에는 연기 전공자도 아니었고 그저 연기를 하고 싶던 한 학생이었다. 극단 막내로서 청소는 기본이요, 무대 세팅, 분장실 성리에 객석 정리까지 극장에 내 손이 닿지 않는 곳은 없지만 저녁 8시가 되면 무대에 내 자리는 없었다. 관객들은 모두 무대를 보고 있고, 나 또한 무대를 보고 있었다. 매번 새로운 공연을 보여주는 선배들의 연기에 경외심을 표하면서, 나는 저렇게 될 수 없을 거라는 나약함도 같이 자라고 있었는지도 모른다. 티를 내지 않으려고 많이 노력했고 그저 뭐라도 되겠지 식으로 열심히 살았던 것도 같다. 그리고 어느 날 존경하는 선배님이 저런 말씀을 해주셨고, 그 말씀이 담긴 소주 한 잔은 아직도 본인의 가슴을 알딸딸하게 한다.

"여보세요 나야 거기 잘 지내지. 여보세요 왜 말 안 하니. 여보세요? 어, 난데, 나, 나 인마. 나 정민이. 그래. 야, 너 목마를 때 물 생각하지? 어 성실하게 마셔. 끊을게."

박원상한테 뺨 맞고 구여친한테 주사 부리기는 미스. 젠장.

누구나 다 그렇듯, 그리고 특히 20대에는 더 그렇겠지만, 참 조급해지기 마련이다. "나 안 조급해. 나는 약간 천천히 가는 스타일인 듯."이라고 말하기 일쑤지만 사실 마음이 그렇지만도 않다. 나랑 소싯적에 길바닥에서 소주 좀 마셨던 친구가 이제는 어엿하게 몇십만 원짜리 양주 먹는데 어찌 조급해지지 않을 수 있겠는가. 엄마 차 끌던 친구가 지금은 벤츠 타는데 어찌 그것이 부럽지 않겠는가. 부러워 죽겠지. 그래서 애써 그렇게 늘 마음을 다스린다.

"나는 천천히 가는 스타일이야. 천천히 가면 주위도 둘러볼 수 있고, 나무가 아닌 숲도 볼 수 있고. 자세히 보면 나무도 볼 수 있는데. 저 나무 어디서 많이 본 나문데. 저거 내가 2년 전에 본 나문데? 어? 여기 그때 거긴데. 2년 동안 나 뭐 한 거지? 여보세요 나야. 거기 잘 지내지? 이 나무 기억나? 2년 전에… 어 그래 양주 먹고 있다고. 끊을게."

하며 또 조급해지는 철없는 20대가 돼버린다. 그렇게 조급함과 다스림을 반복하는 20대 후반의 본인은 다시금 박원상의 말씀을 되새긴다. 자연스럽게 다가올 그 때를 기다리며 성실하게 충실하게 절실하게 하자. 뭐 이러다 또 조급해지기 마련일 테지만 꾸준히 해보려고 노력한다.

〈쇼 미 더 머니〉라는 프로그램이 유행이다. 시즌 1부터 즐겨보던 프로그램인데 그 프로에 나오는 지원자들의 절실함에 동질감을 느끼고, 그들의 방식인 랩으로 직설적으로 토해내는 그 시린 가슴들에 공감도 한다. 평소 힙합을 즐겨 듣는 나로서는 즐기지 않을 수 없는 프로그램이기도 하다. 힙합 1세대를 이루던 래퍼에서부터 언더 힙합신의 명실상부 최고 래퍼까지 지원자로 나와 온갖 모양의 인생을 활자로 뱉어내는데 정신을 차릴 수가 없다. 솔직함이 그들의 (그들의 단어로 말하자면) 스웩이고, 글자와 목소리가 그들의 무기다. 사실, 연기하는 사람들의 스웩 혹은 간지 그리고 무기도 어떻게 보면 이 사람들과 비슷할지 모른다. 때문에 하는 고민들도 비슷하고 맞부딪히는 현실도 비슷한 것 같다.

"매일 해 뜨면 다시 또 내 자신과 전투준비하느라 나 바빠.
세상에 만만한 거 하나 없지. 노력 없이 날로 먹는다는 거 억지.
성공의 절대 전제 노력이 첫째. 대기만성 우리는 노력의 천재."

내 친구 조현철의 형 매드클라운*의 '노력의 천재'라는 노래의 한 구절이다. 노력의 천재라니 참 표현이 좋다. 현철이랑 같이 살 때

* 과연 그는 마미손과 무슨 관계일까. 궁금해서 잠을 못 자겠다.

우리 집에 와서 라면 먹고 가고 그랬던 형이었는데 랩도 잘하고 그래서 신기하다. 그런 의미에서 지금이라도 라면값 좀 무통장으로 입금해줬으면 한다.

좌우지간 다들 그의 가사처럼, 지금까지 해오던 것처럼, 그렇게 길게, 성실히, 충실히, 절실히 노력하길 바란다. 조급한 건 당연한 거니 자책치 마시고 내일 아침엔 조금 더 전투적으로 일어나시라.

와이키키 브라더스

충주가 고향이다. 충주는 사과가 유명하다. 사과는 피부미용에 좋다. 피부미용엔 온천도 좋은데, 온천 하면 수안보다. 수안보는 충주에 있다. 충주는 피부미용에 좋은 도시다. 그래서, 지금 네 인생영화가 〈겟 잇 뷰티〉라도 되는 거냐고? 그럴 수도 있는 거 아닌가. 유명 여자 연예인이 나와서 자신의 파우치를 개봉하는 순간,

ㄴr는 ㄱr끔 눙무를 흘ㄹL다.

그리고,

ㄱr끔 ㅇ l 렇ㄱㅔ ㄱH소리를 하는 ㄴHㄱr 별루ㄷr.

2001년 어느 여름, 반복되는 수안보 온천욕에 더 이상 뽀송해질 곳도 없던 나는 강원도 인제로 피서지를 틀었다. 부자 친구가 있었는데 자기 아버지가 인제에 별장이 있다고 했다. 친구들끼리만 아주 재밌게 놀 수 있을 거라고 했다. 들뜬 마음으로 도착한 별장의 문을 열고 들어갔는데 별안간 술 냄새가 진동했다. 아저씨 네댓 명이 이미 얼큰해져 있었다. 부자 친구를 쳐다봤다. 부자 친구는 먼산을 바라보며 경치가 좋다는 애먼 소리를 해대고 있었다. 애초에 부자 말은 믿는 게 아니었다. 깊은 절망감에,

"미안한데 난 그냥 수안보로 갈게. 여기 겨드랑이 요기 이쪽이 아직 덜 뽀송해진 거 같아. 봐봐. 그치?"

라고 말했지만, 어느새 다섯 중학생은 술상 앞에서 아저씨들 사이에 끼어 앉았다. 눈치게임이라도 해야 될 것 같은 분위기였다. 참지 못하고 "1!"을 외치려는 순간, 내 옆의 아저씨가 눈치 없는 말을 했다.

"너 내가 누군지 아냐. 나 영화배우야."

웃기는 소리 하고 있다고 생각했다. 인디언 밥을 때려벌라, 라고 생

각했다. 다시 "1!"을 외치려는 순간, 이 양반이 또 눈치 없이 이상한 말을 했다.

"이번에 〈와이키키 브라더스〉라는 영화가 개봉하는데 내가 거기 나온다."

인디언 밥으론 안 되겠다고 생각했다. 눈치 없는 말을 반복하는 게 어른들의 눈치게임인가, 라고도 생각했다. 그러다가 어느 순간 이 사람이 정말 배우가 맞을 수도 있겠다고 생각했고, 어느새 우리는 그 아저씨들과 참 재밌게도 놀았다. 그 아저씨는 자기 이름이 박원상이라고 말했고, 나중에 안 사실이지만 그 아저씨들은 '차이무'라는 극단의 단원들이었다.

여름방학이 끝나고 어느 날 실제로 〈와이키키 브라더스〉가 개봉했다. 19세 미만 관람불가 영화였고 난 고작 16세였기 때문에, 16세가 볼 수 있는 영화표를 끊고 들어가 화장실에 숨어 있다가 그 19세 영화를 보러 들어갔다. 멀티플렉스의 허점을 적절히 치고 들어간, 순간의 현명한 기지라고 자부하며 영화를 보기 시작했다. 영화의 배경은 수안보였다. 신기했다. 심지어 영화에 진짜로 그 아저씨가 나왔다. 막 여자 꼬시다가, 막 무식한 친구한테 맞고, 막 칼 맞고 그랬다. 개웃겼다. 술만 잘 먹는 아저씬 줄 알았는데 연기도 잘하네, 라고 생각했다. 그리고 그 순간 덕분에,

연기를 시작했다.

연기를 시작하고 운이 좋게 들어간 소속사는 황정민 형님의 회사였다. 자꾸 "드루와. 드루와." 하시니까 안 들어가면 안 될 것 같았다.(물론 ㄱH소리다. ㄴHㄱr 참 별루ㄷr.) 좌우지간 회사에 들어가고 나니 거듭 신기하다고 생각했다. 영화에서 박원상을 쥐어 패는 무식한 친구가 황정민이었으니,* 이 영화는 나와 꽤 인연이 깊은 영화일 수도 있겠다고 생각했다. 끼워 맞추지 말라고? 원래 인생이라는 게 내 위주로 편집되는 것 아니겠는가.

이런 인연들 덕분에 가끔씩 이 영화를 뽑아 든다. 고작 삼류 밴드가 꿈이 아니었던 삼류 밴드의 멤버, 삼류 밴드를 그만두고도 삼류 인생을 살아가는 남자들. 해를 거듭할수록 비단 그들만의 이야기가 아니라는 생각이 든다. 뭐가 일류고 뭐가 삼류인지는 모르겠지만, 일류 비슷한 삶을 사는 친구들이 가끔 내게 묻는 말과 이 영화의 한

* 이후 〈타짜 : 원 아이드 잭〉에서 류승범 형님도 만나게 된다.

대사가 참 비슷하다.

"성우야, 행복하니? 우리들 중에 지 하고 싶은 일 하면서 사는 놈은 너밖에 없잖아."

성우는 알 수 없는 표정으로 술을 들이켠다. 애잔하다. 나도 언제 어디선가 저런 표정으로 한숨을 쉬어본 적이 있는 것도 같다. 그리고 말이다. 동네 술집에 들어가면 대부분 어른들이 다 저런 표정이다. 다들 나름대로 이겨내야 할 일들이 많은 것 같다는 생각이다. 그리고,

다들 이겨냈으면 좋겠다는 바람이다.

선배님들 이야기하다가 영화 얘기는 많이 못 했다. 이러고도 고료 받아 갈 거냐고 따진다면, 그래도 받겠다. 갑자기 우울해진다. 우울할 땐 수안보 온천이다. 아, 확실히 해두지만, 충주 지역 경제 육성을 노리는 글은 절대 아니다.

상실의 시대

2014. 09.

때는 바야흐로 중학교 3학년, 그것도 본인의 생일이었던 날이다. 늘 그랬던 것처럼 반 아이들은 나의 생일을 몰랐고, '그래 난 음력을 쇠니까 너희가 내 생일을 모르는 건 당연해.' 하면서 눈물 두어 방울을 흘렸던 걸로 기억한다. 늘 그랬던 것처럼 쉬는 시간 종이 울리자마자 알레르기성 비염 때문에 뚝뚝 떨어지는 콧물을 화장실에 가서 씻고 와야 했고, 덕분에 눈물도 씻어 내릴 수 있었다. 됐어, 자연스러웠어.

또한 늘 그랬던 것처럼 교실 뒤편은 미래의 호나우지뉴들이 축구를 하고 있었고, 그걸 지켜보던 여학생들은 교실 전세 냈냐며 욕지

거리를 하고 있었다. 호나우지뉴도 아니고 여학생도 아니던 본인은 그들 사이를 마이클 조던처럼 뚫고 들어가, 왼손은 거들 뿐이라며 왼손으로 거든 오른손으로 또다시 콧물을 훔치고 있었다. 그리고 또한 늘 그랬던 것처러… 아니, 그랬던 것과는 다르게 내 책상 위에는 작은 쇼핑백 하나가 올라와 있었다.

'이건 뭐지. 안 받던 거 받으니까 상처받을 것 같은 이 느낌 뭐지. 난 잘생기긴 했지만 잘생김을 아직 보여준 적은 없는데. 뭐지. 설마 똥 같은 거 들었나?'

하며 쇼핑백을 열어보니 두꺼운 책 하나가 들어 있었는데,

《상실의 시대》.

아, 나 책 싫어하는데. 난 약간 한스헤어* 볼륨매직 상품권 이런 거 좋아하는데. 그래도 누가 준 건진 알아야 되니까 책을 한번 뒤적여볼까 하는데 쪽지가 하나 있었다.

* 당시 동네에서 잘나가던 미용실. '한 사람을 위한 스타일 헤어'의 줄임말이다.

'정민아, 생일 축하해. 이 책 재밌어. 잘 한번 읽어봐. -성유리(가명)'

성유리라면… 안 돼. 넌 내 친구의 여자 친구잖아. 그리고 너도 알다시피 난 너의 친구를 사랑하고 있잖아. 그리고 1학년 때 네가 나 싫어했으면서 왜 3학년 땐 선물 줘? 그리고 1학년 때 나 너희 반에서 너한테 치근덕대다가 너희 반 짱한테 싸대기 맞았어. 그래서 나 지금 걔랑 어색해. 응, 맞아. 일방적으로 어색해. 어쨌든, 이 책이 뭐길래 잘 읽어보라는 거야.

…

뭐 어쨌든 《상실의 시대》는 그렇게 내 손으로 들어왔다. 젊은 날의 슬프고 감미롭고 황홀한 사랑 이야기라는데, 영 모를 일이었다. '젊은 날', '슬프고', '감미로운', '사랑', 이 네 단어를 책에서 발견하기까지는 꽤 오랜 시간이 걸렸던 것 같다. 그리고 결국엔 내 인생의 베스트셀러 중 한 권으로 책꽂이에 꽂혀 있다.

원제는 상실의 시대가 아니기에 요즘에는 '노르웨이의 숲'이라는 원제 그대로 쓰이는 추세지만 내게 이 책은 언제까지나 '상실의 시대'다. 그리고 난 그렇게 사랑에 있어 '상실'을 겪을 때마다 이 책을 집어 든다. 책이 너덜너덜해진 걸 보면 참 많은 걸 자주 '상실'한 모양이다. 아니 그냥 내 인생이 '상실의 시대'일지도 모르겠다는 생각이다. 그리고 책을 보며 생각한다. 그래, 이런 게 사랑일 수도 있겠다.

"정말 또 만나러 와줄 거지?"
"올 거야."
"자기한테 아무것도 해줄 수 없는데도?"
나는 어둠 속에서 고개를 끄덕거렸다.
(중략)

소설 《상실의 시대》의 한 부분이다. 요양원에서 오늘내일하는 나오코가 아무것도 해줄 수 없다는데도 불구하고 와타나베는 찾아오겠다고 한다. 그러면서 미도리라는 여자에게 느끼는 감정 때문에 갈등하고, 결국엔 나오코를 돌보던 레이코와도 사랑을 나누는데… 뭐지 이 새끼. 어쨌든 하루키는 이 책을 통해서 젊은 날의 사랑은 그렇게 슬프고 감미롭고 황홀한 것이라고 넌지시 말하고 있다. 늘 상실하고 상심하는 이 젊은이처럼, 그리고 나처럼, 그리고 또 당신처럼 말이다.

곧 가을이라서일까. 자연스레 조금은 쓸쓸한 책에 대한 이야기를 적었다. 다시 읽어보니 쓸쓸한 책이 아니라 쓸쓸한 박정민에 대해서 써놓은 것 같아 쓸쓸하다. 그리고 그렇게 쓸쓸한 와중에 문득 성유리 생각이 난다. 찰나의 순간 내게 다가와 한 권의 책을 선물하고 간 당신께 깊은 감사를 드린다. 알고 보니까, 너 내가 아는 조감독 형 후배라며? 너도 영화 전공이라며? 고생이다. 오랜만이던 너의 문자메시지에서 고됨을 읽을 수 있었어. 힘내자, 우리.

아무튼 나이를 한 살씩 먹어갈수록 상실하는 것과 상실되는 것이 하나씩 늘어가는 모양이다. 나에게는 어떤 감정의 알 수 없는 형태일 수도 있겠고, 성유리는 뭐, 걔도 뭔가를 잃었을 것이다. 그게 뭔지는 모르겠지만 문자메시지에서 그게 느껴졌다. 강력하게 느껴졌다. 그래도 괜찮다.

어차피 끝내는,

다 잘될 거다.

벨기에

2014. 10.

벨기에라는 나라는 말하자면, 와플과 맥주가 유명한 나라 정도로 알려져 있다. 프랑스와 네덜란드, 독일이라는 세계적인 강대국 사이에 위치해 있고, 대한민국보다 작은 영토와 천만 정도의 인구로 이루어져 있다. 몇 년 전까지 정치적 무정부 상태가 장기화되면서 '무정부 세계 신기록'이라는 불명예스러운 타이틀을 갖고 있기도 했으며, 인접국가에 비해 여행객들의 관심도가 낮은 국가이기도 하다.* '아, 그 축구 잘하는 나라?' 정도의 인식만 되어 있을지도 모르겠다.

* 나폴레옹의 패배로 유명한 '워털루 전쟁'의 워털루도 벨기에에 속한 지역이다.

몇 년 전, 벨기에에 다녀온 적이 있다. 파리에서 출발해 벨기에의 수도인 브뤼셀을 등지고 '브뤼주(Brugge)*'라는 지역으로 곧장 넘어갔다. 저녁 8시에 기차역에 도착해 숙소로 가는 버스를 기다렸지만 이미 차는 끊긴 상태였고, 길가의 가로등만 껌뻑일 뿐, 마치 암전된 무대처럼 도시는 조용했다.

어찌해 볼 도리도 없이 숙소를 향해 걸음을 옮겼고 한 시간 남짓 걷다 보니 예약해둔 호스텔이 나타났다. 방은 남녀공용이었고, 샤워를 마치고 나오니 커플로 보이는 남녀가 침대에 누워 나를 끔뻑끔뻑 쳐다보고 있었고 나는 그 눈이 말하는 걸 읽었고 우린 모두 친구니까 조용히 그 방을 나가주었다. 죽어라 남녀공용. 아니지, 여기는 서양이야. 원래 서양은 그런 거야. 서양이 왜 서양이야 서양이니까 서양이지 하며 1층에 있는 바로 내려갔다.

바텐더 앞에 앉아 최대한 자연스럽게 맥주를 한 잔 시켜놓고 기다리는데 옆에 서양 남자 두 명이 앉는다. 한 명은 뚱뚱하고 한 명은 홀쭉했는데 둘 다 팔에는 문신이 있었고 홀쭉이는 입술에 피어싱을 했던 걸로 기억한다.

* 브뤼게, 브뤼헤, 브루게 등으로도 불린다. 서울, 세울, 소울, 서우루라고 불리는 것과 비슷하다.

Brugge

'무섭지만 무섭지 않다. 태권도가 2단이고 액션스쿨도 몇 번 나간 적 있으며 내 주머니엔 유사시에 사용할 호신용 후추도 들어 있다.'

그 순간,

"너 어디서 왔냐? 새꺄?(로 들렸다.)"
"아, 나는 한국에서 왔어."
"오 새끼, 난 폴란드 사람이다. 너 재키 찬* 아냐? (재키 찬의 동작을 따라 하며) 나 개 좋아해."
"재키 찬은 한국인이 아냐, 중국인이지."
"이런 씨X! 그건 나한테 중요하지 않아!"

'뒤돌려 차기를 하는 척하며 후추를 꺼내면 자연스럽겠지. 무섭다. 이 새끼 깡패가 확실하다. 어떡하면 좋지.'
하지만 분위기를 험악하게 만들고 싶지 않은 마음에 뭔가 대화를 좋은 방향으로 이어가야겠다고 생각했다. 그때 홀쭉이의 핸드폰을 발견하곤,

* 중국의 액션배우 성룡의 영어 이름이다.

"와우, 너 핸드폰 샘성 쓰는구나?"
"씨X, 맞아 애니콜 예."
"와우, 샘성 이즈 코리아 브랜드야."
"이런 개X씨X. 그건 나한테 중요한 게 아니라니까!"

'안 되겠다. 후추를 쓰자. 후추를 쓰고 서양이고 남녀공용이고 나발이고 방으로 튀자.'라고 생각하고 있는데, 갑자기 홀쭉이가 말한다.

"야 너 술 더 마실 거냐?"
"아니 난 술을 잘 못해."
"풔억. 야 그럼 일어나."
"왜?"
"여자랑 자러 가자! 예!"
"(뚱뚱이도) 예! 여자! 여자!"
따라가지 않으면 때릴 것이 분명하기에 슬금슬금 일어나 같이 문을 나섰다. 그런데 홀쭉이 녀석이 문 앞에 묶여 있던 시베리안 허스키에게 관심을 보이더니 돌연 그 개와 뒹굴기 시작했다.

'미쳤어.'

그들이 개에게 관심을 보이고 있는 틈을 타 다시 바 안으로 들어와 계산을 하고 방으로 올라가려는 차에 저쪽 구석 테이블에 김치가 올라와 있는 걸 발견했다.

'한국 사람이구나.'

다가가서 물어보니 맞다고 했다. 한국 여자 둘이 앉아 술을 마시고 있었고, 반가운 마음에 그 자리에 앉았다. 한 명은 작은누나, 한 명은 큰누나 정도의 터울이었고, 타지에서 만난 반가움과 벨기에에서 만난 폴란드 깡패를 벗어난 기쁨에 한자리에서 세 시간 남짓 수다를 떨었다. 많은 이야기를 나눴고 나름대로 의미가 있던 그 대화들 덕분에 아직도 그 인연은 이어지고 있다. 힘들 때만 찾는 누나라서 미안하긴 하지만, 그 누나에게만큼은 그 누구보다 솔직해질 수 있어서 아직도 그 인연을 벨기에의 선물이라고 믿고 있다.
여행을 계획하는 분들이 있다면 이곳을 추천해주고 싶다. 마을 중간에는 운하가 흐르고 그 옆으로는 풍차가 줄줄이 서 있다. 건물이 낮아 하늘이 더 높고, 길에는 아스팔트 대신 박석*이 깔려 있다. 그래서 동이 트는 새벽에 창밖에서는 다그닥 다그닥 말의 편자와 박

* 얇고 넓적한 돌로, 말이 다니기 편한 형태라고 한다.

석이 부딪히는 소리가 들린다. 그 소리에 일어나 마을 중심에 위치한 우체국으로 가 한국으로 편지 한 통을 보냈고, 빌어먹을 같은 방 커플이 수건을 훔쳐 가는 바람에 어쩔 수 없이 찾아간 한적한 수건 가게에서 주인할머니에게 체크무늬 수건을 한 장 샀다.(아직도 쓴다.**) 숙소에서 자전거를 빌려 운하와 풍차 사이로 난 자전거 도로를 달렸고, 실수로 잃어버린 조끼를 뒤따라오던 벨기에 아저씨가 찾아주었다. 보답하는 의미로 '곧미남'이라고 쓰인 모자를 선물했다. 그렇게 은혜를 원수로 갚은 후 너무 배가 고파 들른, 역시나 한적한 동네의 한 빵집에서 산 빵은 아직까지 인생 최고의 빵이고, 그날 저녁 두 누나와 마신 마지막 맥주는 뭐 그다지 맛은 없었지만 의미 있는 자리였다.

여타의 사람들과 마찬가지로 별 기대 없이 갔던 벨기에는 내게 큰 의미로 남아 있다. 그저 피파랭킹 2위의 나라, '슈퍼크랙' 에당 아자르의 나라, 와플이 죽이는 나라가 아닌, 충분히 의미가 있고 아름다운 나라다. 이 가을, 여행 계획이 있다면 벨기에도 좋을 것 같다.

단 하나, 폴란드 깡패만 좀 조심하시면 되겠다.

** 아직도 쓴다. 다들 수건 10년씩 쓰고 하지 않나.

강박

2014. 11.

군 시절 이야기다. 군대 갔다 왔다고 자랑하는 거 아니다. 올해로 예비군도 끝난다고 자랑하는 건 더더욱 아니다.

어쨌든 군 시절 이야기다. 이 이야기를 위해서는 대학 신입생 오티부터 이야기를 꺼내야겠다.

기존에 다니던 학교에 자퇴 원서를 내고, 원하던 학교에 들어가게 돼서일까, 신이 많이 나 있던 모양이다. 신입생 오티에 간 본인은 평소 즐기지도 마시지도 못하는 술을 그날은 참 많이도 마셨다. 그래서였을까, 그 시절 한참 문제가 되던 스크린쿼터제에 대해서 열

띤 토론을 하던 고지식한 영화과 숙소 분위기가 마음에 들지 않아,

"여기 분위기가 왜 이럽니까. 놀자 놀자 뿌우."라고 했고, "정민아 술 취했으면 들어가."라고 한 여자 선배가 말했고, "스크린쿼터가 뭔데요. 난 그런 거 몰라요. 놀자 놀자 뿌우."라고 되받아쳤다가,

한 남자 선배한테 얻어맞을 뻔한 걸 그 여자 선배가 구해줬다. 누나 고마워. 덕분에 나 이렇게 살아서 사람 구실하고 있어.

어쨌든 살면서 가장 술을 많이 마셨던 그날의 다음 날, 병무청으로 신체검사를 받으러 갔고 소변검사 중에, 살면서 가장 빨간 소변을 봤다. 여러 가지 생각이 드는 와중 어떤 아저씨가 본인을 포함 세 명의 이름을 부르시더니 지하실로 내려가란다.

'아, 빨간 소변은 이렇게 지하실로 끌고 내려가나?'라고 생각하며 지하실로 가는데 갑자기 오전에 작성한 인적성검사지와 OMR카드를 다시 건네는 것 아닌가. 뭔가 오류가 난 것이겠거니 하고 오전과 다름없이 성실하게 작성한 본인은 다시 올라와 결과를 기다렸다.

안과 소견 정상. 이비인후과 소견 정상. 치과 소견 정상. 내과 소견

정상.

'내과 소견 정상? 재 오줌은 노랗고 내 오줌은 누가 봐도 빨갰는데?' 하고 있는데, 문제는 다른 곳에서 일어났다.

"박정민 씨?"
"네?"
"혹시, 신경정신과 다닌 적 있어요?"
"네?"
"혹시 다녀볼 생각은 없어요?"
"네에?"

생각지도 않았던 인적성 결과에 이상이 좀 있다고 했다. 순간 정상이 아닌 걸 보는 듯한 의사의 눈에 열이 좀 받은 본인은 그럴 일은 없을 거라고 했고, 의사는 갸우뚱하며 알겠다고 정상 소견을 주었다. 그로부터 5개월 후 입대를 한 본인은 훈련소에서 나눠주는 신체검사 결과가 적힌 노란 종이를 받았고 거기에 '공격성 척도 이상-정신과'라고 적혀 있는 걸 발견했다. 다른 동기들 종이에도 적혀 있나 봤더니 그것도 아니다.
'그렇다면!'

공격성을 표출해서 이상 징후를 보여준 후 제대를 해야겠다 싶어서 굉장히 공격적으로 훈련에 참여했더니 군대란 곳은 내게 훌륭하다며 포상을 주었다.

그랬다. 그렇게 적응을 해나갔다. “우리 성민이는 A급이야 A급.” 이라는 말도 들어봤고 그 말에 신난 본인은 군대에 멋지게 적응을 해나가는 듯했다. 그렇게 시간이 흐르고 상병 3개월쯤 되니 점점 이상해지는 나를 발견했다. 관물대의 옷과 집기들에 각이 잡혀 있지 않으면 참을 수가 없었고 심지어는 샤워를 마치고 수도꼭지를 가운데에 맞춰놓지 않으면 생활관으로 돌아갈 수가 없었다. 완전히 각이 맞지 않거나 가운데에 오지 않으면 10분이 넘게 그것들을 만지작거리곤 했다. 식은땀을 흘리면서 그 짓거리를 하는 바람에 샤워를 다시 해야 했고 점점 그 증세는 심해졌다. 그렇게 맞춰놓지 않으면 잠도 오지 않아 새벽 세 네 시에 잠이 드는 건 기본이고 다음 날 생활에 지장이 오기도 했다. 그래서 결국,

신경정신과를 찾아갔다.*

* 당시 탈영병을 찾아 부대로 복귀시키는 사복헌병, 일명 군탈체포조라는 보직을 갖고 있던 본인은 영외에서 활동 중 보고 후에 허락을 받아 외부 병원을 갈 수 있었다.

그때 그 의사 말대로 됐구나. 터덜터덜 찾아간 신경정신과의 분위기는 예상대로 차분하고 고즈넉하기까지 했다.

"박정민 씨, 어디가 불편하세요?"

"이러이러 저러저러 증상이 있는데요."
"혹시 어렸을 때 어머니에게 구속을 많이 받았나요?"

'!'

한 삼십 분을 그 자리에서 울었던 것 같다. 말도 제대로 못하고 계속 눈물만 흘렸다. 시간이 흘러 좀 진정을 하고 의사 선생님과 이런저런 이야기를 나눴다. 의가사제대를 하겠냐는 의사의 권유도 있었지만, 얼마 남지 않은 군 생활이었다. 그렇게 약을 조금씩 먹어가면서 버틴 군 생활은 어느새 끝이 보였고, 전역을 했다.

10년 가까이 시간이 지난 지금 그 강박증세가 어느 정도 남아 있긴 하지만 불편한 수준은 아니다. 오히려 그 증세 덕분에, 본인의 집은 언제나 비교적 깔끔한 편이고, 하지 말아야 할 짓은 웬만하면 하지 않으려고 한다.

"그 병이 정민 씨가 사는 데 있어서 나쁘지만은 않을 겁니다."

그때 의사가 했던 그 말의 의미를 이제는 조금 알 것도 같다. 이러한 강박증세를 지니고 있는 사람들이 꽤 많다고 한다. 만약 그런 사람이 이 글을 읽고 있다면 당신의 마음을 충분히 이해하는 또 다른 사람이 생각보다 많다는 걸 알았으면 좋겠다. 그리고 솔직하게 누군가에게는 털어놓길 바란다. 혼자 갖고 있으면 곪는다. 뱉는 순간이 어렵지 뱉고 나면 아무것도 아니다.
그리고 누군가가 그랬다.

당신은 당신이 생각하는 것보다 강하다고.
그리고 나도 생각보다 강한 사람이더라는 것이다.

엄마

2014. 12.

집 앞 공중화장실에서 대본 연습을 한다는 인터뷰를 보고 아들의 독립을 허락한 엄마의 품을 떠나 산 지 어언 반년이다.

워낙 대화가 없는 집인데, 훌륭하지 않은 대사로 그 고요를 깨는 것이 어색하여 공중화장실로 향했더랬다. 늘 검은색 외투를 입고 뉴욕 양키스 야구 모자를 뒤집어쓰고 어린이 놀이터 화장실 대변칸에 앉아 대사를 주저리주저리 읊는다. 그리곤 머리도 식힐 겸 잠시 밖에 나와 아름답게 비가 내리는 밤하늘을 바라보며 담배 한 대를 피우면,

CCTV를 지켜보던 경비아저씨가 몽둥이를 들고 찾아온다.

"거 누구요."
"주민인데요."
"몇 동 사는데!"
"128동!"
"처음 보는데!"
"나도 아저씨 처음 보는데!"

자칫하면 아동 성범죄자로 몰릴 뻔한 상황에서 주민등록증을 보여 주고 무사히 사건을 해결하고 생면부지 경비아저씨랑 절친 먹음.

아무튼 그 이후 오피스텔을 하나 얻어 나온 지 벌써 반년이 되었다는 거다. 6평 남짓한 공간에서 밥도 해 먹고, 빨래도 직접 하고, 설거지도 하고, 온통 혼자다. 물론 좋은 점도 있다. 엄마가 빨래하면 옷에서 냄새가 나는데 내가 빨래하면 옷에서 섬유유연제 냄새가 난다. 냉장고에 좋아하는 콜라를 한 박스 사다 넣을 수도 있고 저녁마다 치킨을 사 먹을 때 1.5리터 콜라를 같이 시켜서 냉장고에 넣어도 뭐라고 하는 사람이 없다. 대사 연습을 해도 보는 사람이 없고 노래를 불러도 듣는 사람이 없다. 그래서 노래 실력이 한 단계 상승

했다는 건 비밀이다.

…

엄마가 보고 싶다, 라는 느낌을 받는 게 사실 처음이다. 집 떠나 산 게 이번이 처음이 아닌데도 그 느낌이 이전과 다르다. 6개월이라는 짧은 시간이지만 그 사이 병치레를 두 번이나 했고 한 번은 너무 아파 의사가 아닌 엄마를 찾아갔으며 그 엄마는 나를 의사에게 데려갔다. 나 혼자도 할 줄 아는 게 많다는 것을 알았고, 이 할 줄 아는 것들이 얼마나 귀찮은 것인지 알았으며, 이것의 배의, 배의, 배를 엄마는 혼자 할 줄 안다는 것도 알았고, 그것이 존경스러웠고, 마음이 조금 아프기도 했다. 엄마에겐 일터가 있는데, 집에 돌아오면 그 집도 일터였다.

최근에 엄마가 본인과 싸우고 방에 들어가서 운 적이 있다. 요즘 자주 울길래 갱년기 약을 사다 주려고 알아보다가 아버지한테 여쭤봤더니 갱년기는 진즉에 끝났고 그냥 너 새끼 때문에 우는 거니까 엄마한테 잘하라고 했다. 아무튼 엄마가 울면서 그랬다. 자기 팔자가 외할머니랑 똑같아서 이렇게 힘든 거라고. 외할머니도 불쌍하고 자기도 불쌍하다고 막 우는데 무슨 말인지는 모르겠지만 미안해서 덩달아 눈물이 나더라는 거다. 왜 거기서 엄마가 갱년긴가, 라고 생각이 들었는지는 모르겠지만 아무튼, 엄마는 그렇게 하염없이 울었다.

…

며칠 전, 엄마의 엄마가 돌아가셨다. 3개월간 해오던 영화 촬영을 마치고 기분 좋게 매니저와 고기를 굽고 있는데 엄마한테 전화가 왔다.

"정민아, 뭐 하니?"
"나 밥 먹어. 왜."
"밖이니?"
"밖이야. 왜."
"그래, 지금 방금 외할머니가 돌아가셨어. 너도 한번 와봐야지."

엄마는 자기 엄마가 죽었는데 아들의 눈치를 봤다. 미안했다. 시발. 내가 이 정도일 줄은 몰랐다는 생각에 화도 조금 났다. 외할머니가 돌아가셨다는 사실보단 엄마가 걱정돼서 달려간 홍성의 장례식장에는 아직 가족들이 많이 와 있지 않았다. 엄마는 울지 않았다. 이상했다. 왜 울지 않지. 마음 정리가 벌써 된 건가. 원래 어른은 그런 건가, 생각이 드는 중에 이모들이 도착했다.

"엄마, 엄마 미안해."

하면서 우는 청주이모였다. 계속해서 "엄마, 엄마 미안해."라고 했다. 그리고 그 순간 엄마의 다리가 풀렸다.

"언니가 뭐가 미안해. 엄마, 엄마."

할머니의 넷째, 다섯째, 그리고 막내딸은 그렇게 울었다. 미안하다고. 미안하다고. 변변한 사진도 없어 영정사진이라고 하기엔 어색한 그 사진에 대고 세 딸은 계속 미안하다고 울었다.

엄마의 엄마도 많이 힘들었겠지 싶었다. 어쩌면 우리 엄마보다 더 힘들었겠지. 자식들을 데리고 전쟁도 피해야 됐을 테고, 그렇게 파괴된 국가에서 자식을 길렀어야 했을 테고, 군사독재국가에서 한정된 자유 안에 살았어야 하는 그 상황에서 엄마의 엄마는 엄마를 위해서 많은 걸 바쳤겠지 싶었다. 엄마는 미안했을 거다. 영정사진에 대고 미안하다고 하는 엄마의 마음은 진심이었을 거다. 그리고 그 모습을 보며 미안한 내 마음도 진심이었을 테고, 그 마음을 이젠 좀 덜 가졌으면 좋겠다는 바람이다. 미안할 짓 좀 그만하고 살아야 되겠다는 결심이다.

엄마한테 전화를 걸었다. 목이 쉬어서 말을 못한다. 얼마나 울었으면. 저승으로 가신 엄마의 엄마는 좋은 곳으로 가셨을 거다. 이승에 남겨진 우리 엄마는 이제 그만 울었으면 좋겠다. 적어도 이제 내 눈치는 좀 그만 보셨으면 좋겠다.

미안해 엄마.

3부

칠거지

2015. 01.

고등학교 때다. 나름 명문고라 불리는 학교라 중학교 시절 공부로 방귀 좀 끼던 애들이 모여 있었는데, 그중에 학업 분위기를 흐리는 거지 같은 놈들이라 '칠거지'로 불리던 아이들이 있었다.

1. 담배 피우고 교문을 들어서다 태권도 선생님한테 걸렸는데, 마치 음주단속에 걸린 주취자처럼 실랑이를 하다가 공무집행방해로 더 맞은 아이
2. 그 옆에 있다 같이 맞은 아이
3. 극단적 사상을 갖고 있던 말발이 좋던 아이
4. 수능 언어영역 듣기평가에서 다섯 개 틀렸다고 날 걱정해주다가

결국 나는 다 맞고 자기는 다섯 개 틀려서 울던 아이
5. 학교에 있던 벌레란 벌레는 다 잡아 꿀통에 가득 채워놓고 아침 기상마다 그 통에 기도를 올리던 아이
6. 자다가 맞고, 맞다가 자서 또 맞은 아이
7. 그들이 왕거지라 치켜세워 주던 나란 아이(싸움을 잘했다거나 가장 똑똑했다거나 한 건 아니고 제일 착하고 온순해서는 더더욱 아니다.)

왕거지던 나는 '이 녀석들 정말 커서 뭐가 되려고 하나, 밥은 벌어먹고 살 수는 있을까.' 고민했는데, 그들은 커서 뭐가 되었고 밥도 잘 먹는다. 그런데,

나는 아직 뭐가 되지도 않았는데 밥은 잘 먹는 놈이 되었다.

며칠 전, 3을 만났다. 3은 초등학교 교사가 되었다. 만나자마자 묻는 거라곤 누구나 늘 그렇듯 "요즘 뭐 해?"다.

"연기하지, 뭐."

아차 싶었다. '하는 거 없이 인생만 연기시키는 놈팡이'라고 생각

할지도 모른다는 생각에서였다. 그래서 말했다.

"tvN에서 월, 화요일 11시에 방영하는 〈일리 있는 사랑〉에 출연 중이야. 휴, 얼마나 고된지 몰라."

구차했다.

친구는 네이버 메인에서 드라마 제목은 본 적이 있고, 이수혁이 자기 중학교 후배고, 드라마는 지금부터 보겠다고 했다. 알았다, 그러냐를 되풀이하다가 끝내 이야기의 주제를 돌렸다. 구차했다.

그리고 우리는 4가 주최하는 파티에 참석하러 갔다. 파티장에 들어가자 "이 파티는 망했다."며 애써 웃는 190센티미터의 장신 친구 4가 있었다. 넓은 홀에 사람은 나와 3까지 다섯.

이 정도면 망했다는 표현도 사치다.

순간 4가 초대한 외국사람 여섯이 들어온다. 둘은 미국 사람, 넷은 핀란드 사람이란다. 3과 4는 카투사에서 배운 영어로 그들과 빠르게 흡수되었고, 나는 핀란드 여자 한 명에게 휘바휘바 하다가 따귀를 맞을 뻔했다. 잽싸게 도망쳐 시카고에서 왔다는 미국 사람에게 가서 시카고 컵스는 왜 백 년이 넘게 우승을 못하냐고 했다가 볼기를 맞을 뻔했다. 시간이 지나고 사람이 꽤 북적였다. 모르는 사람들도 꽤 많았고, 그 사람들에게 서로를 소개시켜주는 4였다. 우리한텐 네가 최고의 배우라고 늘 이야기하지만, 결국은 당장 옆 사람에게도 나를 쉽사리 소개할 수 없는 4였다. "〈너포위〉 봤어?" "아니." "〈전설의 주먹〉 봤어?" "아니." "〈파수꾼〉." "죄송해요." "신들의…"류의 대화를 내 앞에서 나누고 있으면 내가 말한다.

"그만해. 새끼야."
"넌 왜 〈미생〉 안 나오냐?"
"넌 왜 대통령 안 하냐?"
"새해엔 대박 나라."
"새해엔 대통령 돼라."

그리고 그 자리를 떴다. 술집을 나서는 나를 그 파티에 참석하기 위해 왔던 또 다른 고등학교 동창이 붙잡는다. 담배 한 대 피우고 가란다. 브라질에서 축구를 배우고 K대 법대에 들어간 후 축구 선수를 하다가 지금은 패션 사업을 하는 참으로 창조적인 친구다. 그 친구가 묻는다.

"힘드냐?"

눈물이 날 뻔했다. 애써 괜찮다고 했다. 아니, 뭐 그냥 그렇다고 말했다. 자기도 힘들단다. 축구가 좋아 축구를 했는데 힘이 들어 안 한다는 거다. 축구가 힘든 게 아니고 축구하는 사람들 때문에 화가 난다는 거다. 나도 연기가 좋아 연기를 했는데 나는 연기도 힘들고 사는 것도 힘들어 근데 연기 말곤 할 게 없어, 라고 말할 뻔했지만, "언제 만나 술 한잔하자."로 얼버무렸다. 진심이었을까. 연기가 힘들다는 것, 사는 게 힘들다는 것, 연기 말곤 할 게 없다는 것. 그저 충동적인 환멸에 가까운 감정 때문에 든 마음이었던 것도 같다. 어쩌면 언제 만나 술 한잔하자는 말이 가장 진심이었는지도 모르겠다.

너랑 나랑은 할 말이 많을 것 같으니 꼭 연락하라는 친구의 말을 뒤로하고 저벅저벅 걸었다. 10년 전 그때, 나와 친구들은 다 잘돼 있을 줄 알았다. 하지만 들어보니 죄다 미생이다. 촌지를 받느냐는 말에 "미친놈아, 촌지를 교장한테 줘야 될 판이야."라는 3, 여의도로 발령이 나서 인수인계 때문에 바빠 모임에 나올 수 없다는 1, 아직도 오토바이에서 빠져나오지 못한 2, 그리고 그 나머지 모두. 좀 더 성장해서 내년 이맘때는 더 웃을 수 있으리라 기대하며 택시를 잡았다.

새해는 편하다. 케케묵은 감정도, 무너진 계획도 새해라는 방어막 뒤에서 리뉴얼을 시킬 수 있다는 이유다.

'연락 못해 미안합니다. 새해 복 많이 받길 바랍니다.'

라는 새해 문자메시지를 120명에 가까운 이들에게 전송했고, 그중 많은 사람들이 답장을 보내왔다. 너도 새해 복 많이 받고 하는 일 다 잘되길 빈다는 내용이다. 그리고 다음 날 아침, 밤사이에 온 답장들을 살피다가 하나의 메시지를 저장한다.

'이미 네가 나한테 복덩이야.'

당신도 누군가에겐 이미 복덩이다. 분명 그럴 것이다.

분명히 그럴 것이다.

아르바이트

2015. 02.

20대 초반, 누구나 그렇듯 돈이 좀 필요하다. 급식을 주지 않고, 편의점에선 내게 술을 팔고, 대학교는 동네에 있지 않으며, 연애도 해보고 싶고, 연애를 하기도 하고, 그렇게 어느 정도의 돈이 좀 필요하기 마련이다. 어떤 이는 학비를 벌기 위해, 어떤 이는 술값을 벌기 위해, 뭐 어찌 됐든 다수의 20대들은 자기 힘으로 돈을 벌기 시작한다. 물론 나도 그랬다.

첫 아르바이트는 과외였다. 운이 좋게 들어간 명문대 타이틀 덕분에 과외 자리를 비교적 손쉽게 구할 수 있었다. 학생은 잠실의 (당시에는 흔하지 않은) 주상복합 아파트에 사는 중학교 2학년 남자아이였는데 합기도를 좋아했고 합기도만 좋아했다. 도복을 입고 수업을 한 적도 있었다. 처음엔 열과 성을 다해 아이를 가르쳤지만 아이는 여전히 합기도만 좋아했다. 그래서 생각해 낸 방법이 팝송 가르치기였다. 가장 좋아하는 팝송이었던 제시카의 'Goodbye*'를 외우게 했고 그 가사들을 해석해가며 문법을 가르쳤다. 아이는 합기도만 좋아했다. 한 달 내내 굿바이를 외우지 않는 아이에게 나는 굿바이를 가르쳤고 얼마 후 아이는 중간고사를 쳤고 중간고사에는 당연히 굿바이가 나오지 않았고 결국 나는 그 집과 굿바이 했다는 슬픈 첫 아르바이트 이야기다.

다음은 신문배달이었다. 대리점에서 가장 배달량이 많은 구역을 맡았다. 그리고 점장님 없이 혼자 배달을 시작한 날, 아차 싶었다. 내가 귀신을 무서워한다는 사실을 잊고 있었다. 아무도 없는 주택가 골목은 뭐가 튀어나와도 심한 게 튀어나올 것만 같았고, 매일 마주치는 순댓국집 자외선 소독기의 보랏빛 공포는 시간이 지나도 적응이 되지 않았다. 혹시라도 어느 코너에서 예상치 못한 사람을 마주치기라도 하면 소리를 질렀고, 그 사람은 더 크게 소리를 질렀고, 담 너머 개는 미친 듯이 짖었다. 그렇게 몇 개월, 더 이상은 안

* 영화 〈약속〉의 OST이며, 원곡은 Air Supply가 불렀다.

되겠다, 자외선 소독기 때문에 미쳐버릴 것 같다, 라는 생각에 점장님을 찾아갔다.

"점장님, 저 일 그만하려고요."

"안. 돼."

언론의 자유를 주장하는 신문사에서 퇴직의 자유가 없다는 생각에 분했다. 그리고 큰 결심을 했다. 신문을 다 돌리고 난 어느 새벽, 집 앞 놀이터에 오토바이를 세웠다. 그리곤 모랫바닥을 굴러다녔다. 그렇게 만신창이 꼴로 대리점에 복귀해선,

"점장님, 저 다쳤어요. 오토바이 타다 넘어졌어요."

"…."

"죄송합니다."

"…."

"이번 달 월급은 안 받을게요."

"가 봐."

자외선 귀신의 공포에서 벗어나기 위해 난 100만 원을 지불했다. 지금 생각해보면 아까워 미치겠다. 어쨌든 철없던 스무 살의 두 번째 아르바이트는 그렇게 끝났다.

다음은 팬시점 아르바이트였다. 동네에 있는 대형서점 안에 새로 생긴 팬시점이었다.* 문제는 본점이 부산에 있었고 이곳에 점장은 없었다. 그 말은 곧, 내가 점장과 마찬가지라는 얘기였는데 포장, 청소, 진열, 관리, 신청, 판매, 결산 등을 전부 혼자 해야 했다.

"이건 착취죠. 할 수 없을 것 같습니다."
"판매 실적에 따른 인센티브를 지급할 건데요?"
"착취해주세요."
그렇게 새로운 아르바이트가 시작됐다. 장사가 그리 잘되지 않아 지인들을 불러 하나씩 강매를 시키고 있던 어느 날, 검은 양복을 입은 건달 무리와 그의 가족으로 보이는 여자들 그리고 아기들이 팬시점에 들이닥쳤다. 보아하니 바다에서 이야기를 나누시는 분들 같았다.**

"우리 아기, 여기 있는 거 다 집어!"
"(훔쳐 가시면 안 되는데) …."
"우와 이 시계랑 다이어리 너무 귀엽다. 여보 난 이거, 이거, 이거,

* 지금은 그 어디서도 찾아볼 수 없다. 망했다는 뜻이다.

** 당시 '바다 이야기'라는 불법 도박업체가 꽤 성행하고 있었다.

저거, 요거!"

"(귀여워도 훔쳐 가시면 안 되는데) …."

"아빠빠픕빠빠뿌뽀뽀뽀! 뿌! 빠뿌!(아빠 이 인형 졸귀졸귀! 사! 사줘!)"

"(돈 내야 돼. 아기야) …."

매대가 텅텅 비었다. 한바탕 폭풍이 불어닥친 것 같았다. 정신을 차리니 바다 아저씨가 다가오고 있었다.

'이렇게 공격이 들어오면 이런 식으로 방어한 후 아기를 인질로 잡겠어.'

따위의 생각을 하고 있는 와중에 아저씨가 돈뭉치 같은 것을 내민다. 자세히 보니 상품권이다. 바다에서 이야기하는 곳에서 현금 대신 유통되는 상품권이었는데 동네에서 이 상품권을 유일하게 취급하는 우리 가게로 몰려든 것이었다. 어찌 됐건 그 달 통장에는 엄청난 사장님의 신뢰액수가 찍혔고, 서울에 있는 또 다른 지점을 동시에 맡게 되었다. 그러나 그 후 바다 아저씨들은 단속에 걸렸고, 팬시점은 점점 망하기 시작했고 나도 설 자리를 잃게 되었다.

핫도그 가게에서 아르바이트를 할 때는, 핫도그를 잘못 만들면 그 잘못 만든 핫도그를 내가 먹을 수 있었다. 그래서 일부러 잘못 만든 후 괜히 구석으로 가져가 꺽꺽대며 서러운 눈물이 젖은 빵을 먹는 연기를 하곤 했다. 건설현장에서는 같이 일하는 아저씨들의 무용담을 들어주는 게 더 일이었고, 초등학생 보습학원 운전기사 겸 총무 겸 과학 선생님을 할 때는 '저 인간이 기사 아저씨야, 프런트 양반이야, 아니면 선생님이야.' 하며 흔들리는 아이들의 눈동자를 견뎌내는 게 일이었다.

생각해보면 참 많이도 했다. 덕분에 선물 포장을 잘하게 됐고, 오토바이를 잘 타게 됐고, 지붕 개보수도 할 수 있게 됐고, 문서 정리, 장부 정리를 포함 각종 정리에 능숙하게 됐고, 초등학생들을 따끔하게 혼낼 줄도 알게 됐다. 공무원인 아버지, 맞벌이로 돈을 버시는 어머니 덕분에 부족한 것 없이 자랐지만 힙합 바지는 안 사주셨기 때문에 그렇게 번 돈으로 힙합 바지도 사고, 패션 모자도 사고, MP3도 사고, 여자 친구 선물도 샀던 것 같다.

어쨌든 지금 서로 다른 목적으로 열심히 남의 돈을 버는 20대가 많을 것이다. 그들을 고용하는 이들에게 부탁드린다. 부디 그 20대의 고귀한 능력을 쉽게 보지 않았으면 한다. 그들은 30대에 빛나기 위해 20대에 5천 원*이 겨우 넘는 시급과 타협하는 거다. 결코 그들의 능력이 시급 5천 원짜리가 아니란 걸 알아두었으면 한다. 결코 그들을 찍으면 간단하게 가격이 매겨지는 바코드로 생각하지 마시길 바란다. 그들이 바코드밖에 못 찍어서 바코드를 찍고 있는 게 아니다. 그리고

열정페이 같은 소리는 하지도 마라.

* 2019년 기준으로 최저시급은 8,350원이다.

쉬리

2015. 03.

어릴 때부터 영화 보는 걸 좋아했던 것 같다. 시작은 누구나 그렇듯 엄마 손을 붙잡고 비디오가게에 가서 빌려 본 〈후뢰시맨〉, 〈바이오맨〉, 〈우뢰매〉, 〈파워레인저〉 등의 이른바 전대물이었다. 다음 날 학교에 가서 친구와 누가 세네, 누가 멋있네, 하며 제대로 싸우려면 전대물 관람은 필수였다. 개인적으로 난 바이오맨이 좋았다. 색깔이 좀 더 곱고 이름이 좀 더 보드랍다는 게 이유라면 이유였다.

"영웅은 바이오맨이야."
"꺼져. 후뢰시맨이거든."
"걔넨 우주 멀리, 아주 멀리 사라졌잖아."

"꺼져. 후뢰시맨은 지구방위대야."

"바이오맨은 우주특공대야."

"…."

"그리고 또 하나 말해줄까? 바이오맨 핑크는 개.이.뻐."

식으로 후뢰시맨과 바이오맨의 자웅을 겨루다가 결국, 그 친구와 나는 옥상에서 몸의 대화를 나눴다.

그러던 와중 우연찮게 〈클리프행어〉라는 영화를 엄마와 같이 보게 돼 처음으로 영화다운 '영화'를 접했고* 난 더 이상 비디오가게에서 전대물을 집지 않았다. 여러 가지 영화를 봤던 것 같은데 기억은 잘 나지 않는다. 몇 가지 기억나는 거라고는 한창 짐 캐리에 빠져 있던 때 봤던 〈마스크〉, 〈에이스 벤츄라〉, 〈덤 앤 더머〉, 그리고 불치병에 걸려 죽는 친구와 그 친구 옆을 지키는 어린아이의 우정을 다룬 〈굿바이 마이 프렌드〉 정도다. 그러다가,

중학교에 입학하자, 엄마는 내게 극장에 가자고 했다. 영화 같은 건 도통 보지 않는 아버지 때문이었는지는 몰라도 그렇게 난 처음으

* 바이오맨을 무시하는 건 아니다. 바이오맨은 엄청 세다. 헐크도 이긴다.

로 영화관이라는 곳에 가보게 됐다.

〈쉬리〉.

중학교 1학년의 눈에 이 영화의 내용은 '남한 경찰 한석규가 간첩 최민식을 때려잡으려고 보니, 약혼녀 김윤진도 간첩이라서 좀 고민해보다가 에라 모르겠다, 둘 다 때려잡자. 대한민국만세' 정도였다. 영화를 보고 기억에 남았던 건 그저 김윤진의 극 중 이름이 이방희였다는 것과 여간첩 한 명이 비밀을 지키기 위해 폭탄을 먹고 터져 죽는다는 것 정도였다. 그렇게 〈쉬리〉를 본 중학교 1학년 남자아이는 급우들에게 극장에 다녀왔다는 것을 자랑함과 동시에 그 영화에는 유방이(이방희) 나오는데 다른 내용은 말해줄 수 없다며 주머니에 있던 노마에프를 꺼내 먹고 터져 죽는 시늉을 했다. 그리고 며칠 후, 어떤 놈이 교실에 들어오자마자 〈쉬리〉에는 정말 유방이 나온다며 "조선인민공화국만세." 하며 또 터져 죽었다. 간첩신고는 111이다.

그렇게 극장을 뚫은 나는 같은 해 엄마가 아닌 친구와 극장을 다시 찾았다. 〈러브레터〉. 영화가 시작하고 잔잔한 음악과 하얀 설원이 펼쳐지며 주인공들이 사랑을 속삭일 때 친구와 나는 머릿속이 하애지며 도대체 무슨 내용이냐고 속삭였다.

"야 여자 둘이 얼굴이 똑같아! 엔진가?"
"아니 그게 아니고 저 여자는 고딩 때 여친이고 저 여자는 어른 때 여친이잖…? 이중인격!?"
"엔지야 엔지. 흐히히히."
"아 그냥 인기가요나 볼걸!"

〈러브레터〉를 보기엔, 우리는 러브레터는커녕 교환일기도 못 써본 인기 없는 중학생이었다.

그리고 그 후, 나는 얼마간 조폭코미디 영화에 열광했다. 〈조폭 마누라〉, 〈달마야 놀자〉, 〈가문의 영광〉 등의 영화 티켓이 불같이 팔려나가던 시절이기도 했다. 이런 류의 영화는 보통, 싸움을 엄청 잘하는 착한 조폭 보스가 어쩔 수 없는 상황 안에서 자신의 신분을 숨기고 살다가 악당 조폭에게 괴롭힘을 당하고 결국엔 정의감에 모두 다 쥐어 패버린다는 플롯 구조를 갖고 있었다. 혹자들은 이런 조폭코미디 영화가 연달아 흥행에 성공하는 현상을 우려 섞인 시선으로 바라보기도 했지만 모르는 소리라고 생각했다. 나에겐 키아누 리브스보다 박신양이 강했고, 카메론 디아즈보다 신은경이 섹

시했다. 그리고 결정적으로 중학생이던 내게 이런 영화들은 어렵지 않게 볼 수 있는 영화였다. 웃고 즐기기 좋았고 결말은 통쾌했으며 결정적으로,

'대부분 박상면이 나왔다.'

영화를 참 좋아했다. 그래서 많은 영화를 보려고 노력했던 것도 같다. 고등학교 시절 기숙사에서 나와 몰래 교실에서 비디오를 보기도 하고, 한자리에서 네다섯 편의 영화를 보기도 하고, 영화가 보고 싶어 영화제 자원봉사를 한 적도 있었다. 그렇게 자연스레 영화를 전공하게 되고 또 그러면서 연기를 하게 됐다. 그런데 참 웃기게도 영화가 전공이 되고 연기가 직업이 되다 보니, 영화를 즐기기보단 판단하고 평가하면서 보는 일이 잦아졌다.

물론 모든 일이 다 그럴 것이다. 자신의 전공에 있어서는 관대한 시각을 갖기가 대부분 어렵다. 그러지 않으려고 해도 자연스레 틈을 찾고 흠을 찾는다. 어쩔 수 없이 그것들이 보이기 마련이다. 어느 순간부터 나는, 나도 모르게 '이건 이래서 좋다.'보다 '이건 이래서 별로다.'를 기준으로 삼고 있었다. 별로인 게 적으면 좋은 거고 별

로인 게 많으면 그야말로 별로인, 가히 네거티브한 접근 방법이라고 할 수 있겠다. 문제는 그러다 보니 깐깐해지고 재수 없어지더라는 거다. 그래서 다시 예전에 엄마 손 붙들고 극장에 가던 그 설렘을 꺼내들며 이 글을 쓴다.

좀 더 가벼운 마음으로, 마치 예전에 친구들과 영화를 보고 "야 박신양 겁나 세지 않냐?", "아 박상면 때문에 극장에서 배꼽 분실함." 하며 떡볶이나 먹으러 가던 그때처럼 영화를 보려고 한다. 사실 그 시절이 그리워서 그런 걸지도 모르겠다. 스크린의 배우와 같이 호흡하면서 영화를 보던 그 시절엔 나도 좀 귀여웠던 것 같기도 하다.* 〈러브레터〉보단 SES가 더 좋던 그 시절, 그래도 순수하게 영화를 봤던 시절이었다. 남북의 이념대립과 조국통일의 한계를 등지고 유방으로 대동단결했던 중학교 1학년들은 어엿하게 서른이 되어 아직도 같은 타령을 하고 있고 그러고 보니 어쩌면 순수하게 영화 보기가 어려운 일도 아닐 거라는 생각이 든다.

엄마가 이 글을 보고 나서 '내가 그때 〈쉬리〉만 안 봤어도 귀여운

* 지금도 귀엽긴 하다.

정민이가 판검사가 됐을 텐데.' 하며 땅을 치고 후회하지 않았으면 좋겠고 '기껏 7천 원 내고 좋은 영화 보여줬더니 아들 새끼가 유방 거리고 앉아 있었네.'라는 생각은 더더욱 안 했으면 좋겠다.

이거 그린라이트인가요?*

2015. 04.

1.

안녕하세요? 저는 12살 초등학교 5학년 남자입니다. 요즘 2차 성징이 오면서 이성에 관심이 많아졌어요. 같은 반에 인해라는 여자애가 있는데 공부도 잘하고 얼굴도 귀엽고 집도 잘살아…

좋아해요.

수업 시간에 인해를 쳐다보면 인해도 가끔씩 절 쳐다보고 눈도 마주치고 막 그랬어요. 그래서 집에 가면 잠도 안 오고 인해 생각만

* 당시 유행하던 TV 프로그램 〈마녀사냥〉의 코너 중 하나이다.

나고 그러더라고요.

그렇게 한 달 정도 고민하다가 3일 전에 용기를 내서 이 친구에게 말을 걸어보았어요.

"안녕?"
"응, 안녕? 넌 누구니?"
"…."
"우리 반?"
"응."
"아, 그래. 근데 왜?"
"나 요즘 눈높이 한자 하는데, 네 이름은 인천 인 자에 바다 해 자 맞지? 그럼 인천 바다라는 뜻이네? 이름이 너무 예쁘다."
"인천 바다?"
"응. 난 바를 정에 백성 민을 써서 바른 백성이라는 뜻이야."
"인천 바다?"
"응, 그리고 진짜 웃긴 거 말해줄까? 인천 앞바다에 사이다가 떠 있어도 돈이 없으면 못 마십니다! 너무 웃기지."
"인천 바다?"

인해가 저의 초등학생스럽지 않은 유식함과 유머에 반한 것 같더라고요. 그래서일까요. 그날부터 인해는 설레는지 저를 쳐다보지 않고, 같은 반 여학생들은 저를 인천 바다라고 부르기 시작했어요. 저랑 인해랑 이어주려고 하는 건가요? 이거 그린라이트일까요?

2.

안녕하세요. 저는 3년 동안 한 여자아이만 짝사랑하고 있는 중학교 3학년 남학생입니다. 이 여학생은 뭐랄까. 음. 그러니까 한 마디로…

잘나가는 친구예요.
저는 학교에서 존재감이 없는 안경잡이 찌질인 데 반해 걔는 일진이에요. 우리 학교 옆에 정보산업고가 있는데 거기 형들이랑 막 놀고 그래요.

근데 어느 날, 이 친구가 저한테

"양아치가 되면 널 만나는 걸 생각해볼게."

라고 하는 거예요. 그래서 그다음 날, 저는 혼자 담배를 피우기 시작했어요. 뭐니 뭐니 해도 양아치는 담배잖아요. 그렇게 며칠 담배를 피우고 그 아이 주변을 얼쩡거렸는데요. 그저께 정도에 제 교복에 밴 담배 냄새를 맡은 것 같더라고요. 너무 설레었어요. 그리고 어제, 학교 끝나고 집에 가는데 그 아이가 정보산업고 3짱 형이랑 손잡고 가다가 저랑 딱 마주쳤어요. 처음엔 솔직히 좀 심장이 내려앉고 그랬는데, 자세히 보니까 질투 작전을 쓰는 것 같더라고요. 저를 지나쳐 가면서 여자아이가 정보산업고 형한테 쑥덕쑥덕 귓속말을 하고 저를 힐끔거리는데 질투 작전이 거의 백퍼 맞는 것 같았어요.

이거 그린라이트일까요?
(아, 그리고 참고로 1학년 때 걔랑 저랑 교환일기 한 12일? 13일? 정도 썼었어요.)

3.
안녕하세요. 저는 사랑에 빠진 고등학교 2학년 남잡니다. 제가 기독굔데요, 이번에 여름성경학교를 다녀왔어요. 은혜받고 싶어서 열심히 기도도 하고 찬송가도 부르다가 갑자기 뒤에 좀 이상한 기운이 느껴져서 돌아봤는데 아니나 다를까 제 이상형에 아주 가까운 여학생이 열심히 찬양을 하고 있는 거예요. 명찰을 보니까 아니나 다를까 이름도 '찬양'이더라고요.(솔까 너무 빨리 은혜받아서 좀 놀랐어요.) 어쨌든 예배 시간이라서 말 걸기도 좀 뭐하고, 결정적으로 제가 핸드폰이 없어서 좀 찌질해 보일까 봐 엄청 고민했어요. 그래도 은혜받았는데 이렇게 넘어가는 건 아니다 싶어서 예배가 끝나고 쪽지에 제 이메일 주소를 적어서 그쪽한테 전해줬어요.

'안녕하세요. 저는 박정민이고요. 배우가 꿈이에요. 근데 오늘 꿈이 바뀌었어요. 그 꿈은 바로 찬양 씨 메일이 도착하는 거예요. 메일 보내줘요.'

그렇게 집으로 돌아왔고, 제가 요즘에 운이 좀 텄는지 시도 때도 없이 은혜받더라고요. 바로 다다음 날 메일이 온 거예요. 버디버디 아이디를 교환하고 쪽지로 대화 좀 하다가 그다음 주에 만나기로 했어요.

그렇게 약속 날짜가 됐고, 저는 클라이드 청바지에 쿨하스 베이지색 재킷, 거기에 배용준 스타일 안경에 베이지색 베레모까지 쓰고 갔어요. 길 가는 사람들도 막 쳐다볼 만큼 좀 괜찮았어요. 안양역에 도착해서 조금 기다리고 있으니까 찬양 씨가 두리번거리면서 나타났어요. 심장이 터질 것 같았어요. 무슨 말부터 해야 하지 생각하며 쳐다보고 있는데 눈이 딱 마주친 거예요. 근데 찬양 씨가 절 보고 약간 '와 생각보다 멋지네, 난 오늘 그냥 별로 안 꾸몄는데. 아 망했다.'

하는 표정을 짓더니 눈을 피했어요. 그리곤 다른 출구로 나가더라고요. 저는 조금 당황해서 쫓아갔는데 찬양 씨는 사라진 후였어요.

집에 돌아와서 버디버디 접속을 했는데 부재중으로 돼 있길래 메일을 보냈어요.

'우리는 은혜받은 거니까 얼마나 꾸미고 그런 건 중요하지 않아요. 나 실망하지 않았어요. 다 이해하니까 연락해요.'

평소 같으면 바로바로 메일을 읽는 찬양 씬데, 이번 메일은 바로 읽지 않네요. 너무 미안하고 한편으론 설레서 그런 것 같은데. 만약이 방송을 보고 있다면 그러지 않아도 된다고 말하고 싶어요. 그리고 이거 당연히 그린라이트겠죠?

4.

안녕하세요. 저는 대학교에 이제 막 들어간 새내기 남학생입니다. 제가 오티에 갔다가 같은 학교 무용과 여학생에게 한눈에 반해서 전화번호를 따왔어요. 연락을 좀 하다 보니 잘 통하는 것 같고 어느새 제가 이 여자를 좋아하고 있다는 느낌을 받았어요. 이십 평생 살면서 진정한 사랑을 처음 해보는 느낌? 결혼까지 생각하고 있어요.

이 친구의 수많은 장점 중에서도 가장 마음에 든 부분은 집에 일찍 일찍 들어간다는 거였어요. 같이 있다가도 여덟 시 정도가 되면 집에 가야 한다고 일어나는데 정말 가정교육이 잘돼 있고 우리 부모님도 참 좋아하시겠다는 생각도 들고 그러더라고요.

한 네 번 정도 만났을 때 고백을 하기로 마음을 먹고 이 친구를 명동에서 만났어요. 어떻게 고백을 할까 고민하다가 정말 괜찮은 방법을 찾아냈는데 바로

헤드폰 고백!

저는 헤드폰으로 음악 듣는 걸 좋아해서 항상 헤드폰을 목에 걸고 다녔는데, 꽃샘추위 때문에 아직 춥다고 배려하면서 귀마개용으로

그녀의 귀에 제 헤드폰을 씌워주고 미리 녹음해놓은 목소리를 재생시키는 거였죠. 명동의 한복판에서 계획대로 헤드폰을 씌워주고 배경음악으로 김연우의 '연인'이 흘러나오는 가운데 미리 녹음해놓은 고백을 재생시켰어요.

…

"여덟 시다. 나 집에 가야 돼."

집에 가야 한다는 핑계로 그 감동을 조금 더 혼자 간직하고 싶은 눈치였어요. 저도 우선 당장은 붙잡지 않았죠. 대신 호주머니에서 비타500을 꺼내주며 추우니까 감기 조심하라는 말과 함께 그녀를 보냈어요. 걱정은 안 해요. 그녀는 제게 촉촉하게 젖은 눈시울과 제 고백을 들으며 살짝 올라가는 입꼬리를 들켰거든요. 내일 정도면 확답을 받을 수 있을 것 같은데, 이거 그린라이트일까요?

위 네 가지 상황은 필자의 경험 90퍼센트와 허세 10퍼센트가 들어간 사연입니다.

그린라이트는 먹는 건가요?

팀

2015. 05.

참 많은 팀들이 있다. 각자의 회사에는 영업팀이니 재무팀이니 각자가 속한 팀이 있겠고, 일요일 아침마다 나가는 조기 축구팀도 있겠고, 각자가 응원하는 야구팀도 있겠고, 가수 팀*도 있겠고, 그 팀을 좋아하는 팬클럽이라는 또 다른 형태의 팀도 있겠다. 대부분의 팀은 팀원들의 목적이 동일한 지점에 있을 것이고 얼마나 그 팀원들이 잘 뭉쳐서 나아가느냐에 따라 결과의 질이 달라질 것이다. 또한 그 팀의 장이 어떤 사람이냐에 따라서 모두가 동일하게 얻어낸 결과가 어느 정도로 공평하게 나뉠 것인가도 달라질 것이다.

* '사랑합니다'를 부른 가수 팀을 말한다.

개인적으로 팀플레이를 좋아한다.** 어릴 때는 게임을 못해서 잘하는 친구랑 팀 먹고 못하는 친구를 부숴버리는 걸 즐겼고, 게임방을 나와서 그 친구에게 부숴버려지는 수모를 겪긴 했어도 '갠플'보단 '팀플'을 좋아했다. 소속감을 즐겼고, 다 같이 한 곳을 보고 달려가는 것이 좋았다. 예를 들면 "일곱 시 방향 테란으로 서글링 가진 기다 보내." 같은 말에 희열을 느끼고 마우스를 일곱 시 방향으로 미친 듯이 누르는 거 말이다.

영화 촬영 현장에도 많은 팀이 있다. 연출팀, 촬영팀, 조명팀, 그립팀, 사운드팀, 제작팀, 분장팀, 의상팀, 미술팀, 소품팀 등등. 그리고 여기에 배우들이 합세, '좋은 영화'라는 하나의 목적을 향해서 달려간다. 그래서 이들을 하나의 '영화팀'이라고 부르기도 한다.

영화 〈동주〉의 촬영이 끝났다. 이준익 감독님의 새 영화이고, 모두가 한 번 정도는 들어봤을 윤동주 시인에 대한 영화다. 그가 살았던 시대의 이야기이기도 하고, 그 시대를 살던 사람들의 이야기이기도 하다. 윤동주라는 이름이 가진 먹먹함, 억울했던 당시의 무게를 〈동주〉팀의 일원들이 사이좋게 짊어지고 촬영을 무사히 마쳤다.

** 주로 개인 능력이 떨어지는 사람이 팀플레이를 좋아한다.

"영화는 네 것 내 것이 없다. 이건 내 거네, 저건 네 거네 하다가 정신 차리고 보면 영화는 온데간데없다. 하지만 가운데 두고 모두가 같이 보고 있으면 영화는 늘 그 자리에 있다."

어느 날, 촬영을 마치고 이준익 감독님이 해주신 말씀이다. 모두가 같이 가야 한다는 거였다. 배우가 이 영화는 내가 주인공이니까 내 거야, 혹은 감독이 이건 내가 만드는 거니까 내 영화야 하는 순간 영화는 없다는 것이다. 소유하려 들면 안 되고 나눠야 한다는 말씀이었다. 그동안 내 것만 하는데 급급했던 그 과정들이 조금은 반성이 되는 순간이었다. 그리고 그 말씀을 듣고 난 후, 팀을 믿고 가는 순간 팀원들 사이의 유기적인 끈끈함이 그전보다 더 정답을 찾아가는 데 수월하더라는 걸 알았다. 그리고 자신이 맡은 책임을 다하려고 무슨 일이든지 하게 되더라는 것도 말이다.

투수가 공을 맞아도 그라운드에는 그 공을 잡아줄 여덟 명의 야수가 있는 것처럼, 그 팀원들을 위해 인대가 끊어질 때까지 공을 던지는 투수처럼, 팀을 믿고 간다는 것, 굉장히 멋있는 일이다. 이번 현장에서 내가 동료들을 믿고 인대가 끊어질 정도로 공을 던졌는지는 모르겠다. 다만 할 수 있는 모든 것을 하기 위해 노력했고, 팀을 위해 팀의 목적을 위해 달려가는 것이 제법 멋져 보였다는 건 확실하다.

"영화에 인생을 걸지 말고 그 영화를 같이 찍는 사람에게 인생을 걸어라."

라는 감독님의 말씀이 무슨 뜻인지 알 것도 같다. 사람이 만들고 사람이 보는 영화, 나도 그 사람을 위로하고 그 사람을 위해서 연기해야겠다는 생각이다. 결과는 아직 나오지 않았지만, 과정이 너무나도 값지고 행복한 현장이었다. 그리고 어쩌면 우리는 그것을 이야기하고 싶었는지도 모르겠다.

시인 윤동주. 그의 친구 송몽규. 그 둘도 어쩌면 한 팀이었을지도 모르겠다. 아니 그 시대 대부분의 사람들이 한 팀이었을지도 모를 일이다. '독립'이라는 한 목적만 바라보고 그 시대를 살아가던 사람들의 이야기. 꽤나 부담스럽고 무게가 나가는 소재인 만큼 조심스럽고 세심하고 겸손하게 다뤘다. '1910년부터 1945년까지 일본이 조선을 침략해 지배하던 시기'라는 식의 교과서적인 표현으로는 절대 나타낼 수 없는 그들의 한을, 그리고 그들의 목표와 그 과정을 일부나마 표현하기 위해서 모두 열심히 공부하고 느끼려 노력했다. 그래서인지 하고 싶은 말이 참 많다. 목구멍까지 올라오는 이 말들은 조금 아꼈다가 영화가 나온 후에 더 적어보려 한다.

누구에게나 잊지 못할 팀이 있을 것이다. 2005년 결성 이후로 무승 행진을 이어나가고 있는 야탑동 오합지졸 축구팀 '타이거 블레이즈 범범'. 우리 골대를 노리는 저 팀도 적이지만, 내게 패스를 주지 않는 저 새끼도 내 적이었던 그 팀. 근데 저 새끼가 주장인 그 팀. 자책골을 넣었다고 집단 린치를 가하던 그 팀.* 아직도 잊을 수가 없다. 그리고 2015년의 〈동주〉. 잊을 수 없을 것 같다. 적재적소에 패스를 주는 동료들과 자책골을 넣어도 만회해주는 능력 있는 동료들을 만난 이 시간이 앞으로 큰 자양분이 될 것도 같다. 그리고 그들이 '타이거 블레이즈 범범'을 잊게 해줄 수도 있을 것 같다.

언제나 좋은 팀에 속해 있을 수는 없어도 언젠가 좋은 팀에 속해 있을 수는 있을 거다. 모두가 강팀에 속해 있을 수는 없지만 누구나 자신의 팀을 강팀으로 만들 수는 있을 거다. 뒤에서 받쳐주는 동료들을 믿고 다들 지금 하고자 하는 일들 모두 다 이뤘으면 좋겠다. 늘 그렇듯,

결국엔 다 잘될 테니까 말이다.

* 정말이다.

동주

2016. 02.

가만히 생각해보면, 그저 즐겁기만 한 기억은 아니다. 하지만 생생하다. 매일이 전쟁이었다. 매분이 부담이었다. 순간에 스쳐가는 감정에도 쨍하고 곤두서는 아픈 봄의 초입이었다.

어느 날 회사에서 전화가 왔다. 이준익 감독님이 윤동주에 관한 영화를 만든다고 했다. 그 영화에서 주연급의 역할을 내게 준다고 했다. 순간, 이준익이 누구더라, 윤동주가 누구더라 했다. 너무 큰 사건이 일어나니, 다른 이준익이겠거니, 다른 윤동주겠거니 했다. '나깟 것'은 '그만한' 사람들과 어울리지 않았으니까, 수화기로 넘어오는 그 말들을 곧이곧대로 믿지 않았다.

첫 만남 당시, 다분히 의도적으로 동그란 안경을 끼고 제작사를 찾았다. 쪼다 같은 놈이라고 생각해도 별수 없다. 자신감 같은 건 이미 방구석에서 먼지에 돌돌 말려 굴러다니고 있었으니 사실 쪼다가 맞기도 하다. 그렇게 허리를 한껏 숙이고 노크를 하고 사무실 문을 조르륵 열고 들어갔다. 이미 도착한 하늘이와 이야기 중이던 감독님이 이쪽을 쳐다봤다. 1초가 지났다. 또 1초가 지나고, 또 1초가 지나고, 그렇게 1초씩이 계속 지나고, 정신을 차려보니 그저 1초가 지났을 뿐인 그 시간 동안 참 많은 불안에 떨었던 것 같다.

"네가 박정민이냐. 송몽규 선생과 똑같이 생겼네."

안경이 먹혔다고 생각했다. 동시에 시나리오 첫 장에 '송몽규(박정민)'이라는 이름을 또박또박 적어낼 수 있겠다고 생각했다. 그저 그 생각만 했던 것 같다. 그 자리에서 어떤 이야기가 오갔는지 잘 기억이 나지 않는다. '나 정말 열심히 할 수 있는데.' 하는 생각이 '나 정말 잘해야겠는데.' 하는 생각으로 바뀌었을 뿐이다.

집에 돌아가는 길에 가족과 친구들에게 이 사실을 알려야겠다고 생각했다.

'나 이준익 감독이 만드는 영화에 주연으로 캐스팅됐어. 윤동주 시인에 관한 영화야.'

라고 메시지를 보냈다.

'윤동주임? 헐 대박.'
'아니, 윤동주는 강하늘.'
'그럼 누군데.'
'윤동주 친구.'
'또 친구네.'
'근데 그게 그런 게 아닌데.'
'그럼 무슨 친군데.'
'송몽규라는 친군데.'
'송몽규가 누구임.'

이런 식의 대화가 오갔다. 화가 났지만 화를 낼 수는 없었다. 그분이 누구인지 나도 알지 못했다. 서점으로 달려갔다. 그분의 행적을 따를 수 있는 책을 골라 집었다. 덕분에 꽤 많은 포인트가 쌓였고, 1년이 지난 지금 그 포인트로 본인이 나온 패션 잡지를 샀다. 나름 의미 있다. 아무튼 시간이 많지 않았기에 박차를 가했고 꽤 이른 시간 안에, 그 책들을 몽땅 읽었다. 읽으면 읽을수록, 이해할 수 없는 사람이었고, 또한 그런 시대였다. 다가가려 할수록 점점 멀어지는 느낌이었다. 고작 열아홉의 나이에 조국을 구하겠다고 중국으로 넘어가 군관학교에 들어간 이의 심정과 한은 절대 알 수 없는 것이었다. 뿐만 아니라, 또 다른 위험한 선택의 이유. 그 이유를 나는 아무래도 알 수가 없었다.

그분의 흔적이 묻은 그곳 용정으로 가기로 결정한 것도 그 때문이었고, 그분의 묘소 앞에 섰을 때 밀려든 죄송함도 그 때문이었던 것 같다. 알지 못함에 죄송하고 알려고도 하지 않았음에 또 죄송했다. 잘하고 돌아와서 누가 되지 않겠다고 약속드렸고, 영화를 보고 나서는 그 약속을 지켜드리지 못했음에 눈물이 났다. 지키지 못할 약속을 드린 걸지도 모르겠다. 그 누가 그분의 선택과 행동에 담긴 한을 완벽히 이해할 수 있을까. 로버트 드 니로 정도면 될까. 분명 아닐 거다.

'과정의 아름다움에 대한 영화.'

감독님께서 그러셨다. 과정이 아름다운 영화를 만들자고. 예산이 5억이니 과정이라도 아름답자는 단념이 아니라, 그분들의 정신을 돈의 액수로 계산하지 말자는 또 다른 값어치에 대한 정성이었다. 입으로 가져가던 술잔이 멈췄다. 미처 알지 못했던 감독님의 의도와 눈에 띄는 성과가 없던 잘 알려지지 않은 배우의 욕심이 부딪치면서 어떤 감정이 치밀었다. 반성과 책임감과 부담과 또 어떤 것들이었다. 아니, 솔직하게 말하겠다. 그 감정의 대부분은 부끄러움이었다.

얼마나 많은 관객이 영화를 볼지는 모르겠지만, 그들에게 '송몽규'라는 인물을 최대한 잘 소개하겠다는 일념으로 촬영을 했다. 영화가 완성된 지금, 그것의 성패 여부는 보는 관객분들과 하늘나라에 계신 그분께서 판단해줄 것이라고 생각한다. 그리고 어찌 됐든, 죄송한 마음은 지울 수가 없다. 아마, 꽤 오랜 시간 동안 이 마음을 간직하고 살 것이다. 그래야만 할 것이다.

'하늘과 바람과 별과 시'

그토록 아름다운 결과물이 남아 있지 않아 잊힌 이름 '송몽규'. 그리고 그와 같이 잊힌 수많은 '송몽규들'. 불합리한 시대를 마주하고 싸운 그분들은, 그 자체로 하늘이었고 바람이었고 별이었고 시였다. 그들이 온전하게 담긴 윤동주 시인의 시. 우리는 분명 그 시를 읽어본 적이 있다. 최소한 학창 시절 국어 교과서에서라도 말이다. 이 영화는 그분의 시를 국어 교과서에서 역사 교과서로 조심스럽게 모셔온다. 시적 허용을 가르치면서 시적 허용을 허락하지 않는 객관식 문답보다, 이 시가 쓰인 그 시대 그분들의 뜻을 잘 서술하기 위해 노력했다. 7할의 사실과 3할의 상상력으로 만들어진 이 영화도 한 편의 시라고 볼 수 있을 것이다.

덜 불합리한 시대에 사는 우리는 더 불합리한 시대에 살던 그들의 선택을 보며 생각할 수 있는 것이 많을 것이다. 그리고 70여 년 전 그들의 행동이 현재 우리를 살게 했고, 지금 이 순간 우리의 행동이 또 70년 후 누군가들의 삶에 영향을 줄 것이다. 그런 고민을 줄 수 있는 영화다. 오롯이, 그리고 오로지 진심만을 담은 영화 〈동주〉. 〈베테랑〉과 같은 통쾌함도, 〈매드맥스〉 같은 장엄함도 없지만, 또 다른 의미의 통쾌함과 장엄함이 있는 영화다. 그리고 이 영화를 보고 관객분들이 당신들 나름의 부끄러움이라는 감정에 어느 정도 위안을 얻었으면 좋겠다는 바람이다. 감히 말하지만 이 영화 〈동주〉는

우리가 세상에 내놓는 당신들의 영화이기 때문이다.

덕

2015. 06.

때는 바야흐로 2009년, 자취방에서 홀로 지내는 것이 쓸쓸해 강아지를 입양하기로 마음먹은 적이 있었다. 그리고 결국 인터넷을 검색해서 찾아간 답십리의 애견 숍에서 푸들 한 마리를 데리고 왔다. 15만 원. 강아지 한 마리를 데리고 오는 데 드는 돈이 달랑 15만 원이었다.(15만 원도 없어서 친구한테 5만 원 빌린 건 비밀이다.) 그래도 하나의 생명인데 15만 원은 좀 너무하다 싶기도 했다. 그래도 어쩔 수 없었다. 내가 외로우니까 그 아이를 자취방에다 데려다 놓는 수밖에. 하지만 머지않아 본인이 자기 자신 하나도 간수 못하는 무능력자라는 사실을 깨달았고, 생일선물을 핑계로 엄마 집에 데려다 놓기에 이르렀다.

그리고 그 아이는 '복'이라는 이름을 갖고 지금까지 엄마에게 충성을 다하고 있다. 15만 원을 주고 데려온 복이는 6년째 아주 건강하게 집 구석구석 똥을 싸고, 왜 여기다 똥 쌌냐고 혼내면 엄마를 제외한 가족들을 물어버린다. 정재영 여사는 50년 만에 조자룡과 같은 충신을 얻었다. 축하합니다. 충성 +1 되셨습니다.

자취방에서 나와 엄마 집으로 들어가면서 강아지와 본격적으로 살게 되었다. 내가 먹던 것을 훔쳐 먹고, 그래서 개가 먹던 것을 같이 훔쳐 먹으면서 쌓아온 우정. "우리 엄마 내 꺼."라고 하면, '그래? 그럼 네 것 중 하나를 부숴버려야겠어.' 하며 이어폰을 물어뜯는 그를 보며 길러온 분노. 아, 아니, 그렇게 길러온 우정. 그렇게 나는 강아지를 점점 좋아하게 되었다. 그리고 어느 날,

2015년 5월. 뭐 때문인지 모를 우울감에 빠져 (다시 시작한) 자취방 앞의 카페에 앉아 있는데, 털이 덥수룩한 개가 내 앞을 지나갔다. 왜 슬픈 예감은 틀린 적이 없는지 역시나 주인이 없는 개였다. 난데없이 찾아온 우울과 동정심이 겹쳐, 먹고 있던 과자를 들고 그 녀석에게 달려갔다.

"먹어."

먹지 못한다. 한동안 밖에 있었던 모양인지 사람이 먹는 딱딱한 쿠키는 씹을 수 없을 정도로 이가 많이 상해 있었다. 입에 들어가서 그대로 흘러나오는 쿠키가 안쓰러워 손으로 가루를 내서 줘도 무서운지 먹지 못했다. 병원에 데려가야겠다 싶어서 손을 갖다 대니 무작정 차도로 줄행랑을 쳤다. 보고 있던 사람들은 일제히 소리를 질렀고, 다행히 아무 사고 없이 그 아이는 그렇게 유유히 도망갔다. 그리고 도망을 가면서도 사람들 얼굴을 하나하나 쳐다보는 것이었다. 혹시 제 주인이 아닌가 싶어서 멀뚱멀뚱 쳐다보는 것 같았다.

그리고,

머지않아 나와 함께 살게 되었다. 사료와 구충제라도 사서 길거리에 놔둬야겠다 싶어 찾아간 동물병원에 녀석이 들어와 있던 것이다. 검사를 해보니 이는 네 개가 빠져 있고, 심장사상충, 피부병 등 여러 가지 질병들이 있었다. 의사 선생님은 꽤 오래 밖에서 살았던 것 같다고 했다. 내가 키우겠다고 했다. 그 대신 치료비 디시 좀 해달라고 했더니 흔쾌히 허락해주셨다. 연예인 디시는 아니다. 의사 선생님은 동네에서 어슬렁거리는 처음 보는 청년에게 그냥 '유기견 디시'를 해주었을 뿐이다. 고맙습니다. 고오맙습니다.

어찌 됐건, 데리고 온 지 일주일째, 점점 나와 이 집에 적응을 하는 것 같다. 다음 달이면 이사 갈 조금 더 큰 집에서 '덕'이와 나는 좀 더 재밌게 살게 될 것 같다. 아 그렇지. 이름은 '덕'이다. 동생에게 이름을 덕이라 지었다고 했더니 그럼 다음 개는 '방'이로 지으란다. '복덕방'. 핵노잼이랄까.

'셰틀랜드 쉽독'이라는 종으로 영국의 셰틀랜드 지방에서 목양견으로 키우던 개라고 한다. 현명하고 얌전하고 용맹한 견종이라고도 한다. 그래서일까. 집에선 조용하다가도 밖에 나가면 진돗개와 맞짱을 뜬다.

'녀석, 나를 지켜주려고 저 진돗개와 그렇게 싸웠구나.'

라고 생각하는 것도 잠시, '덕'이는 마치 벤치클리어링을 일으킨 메이저리그 선수처럼 끈질기게 그 진돗개를 향해 달려간다. 나 때문이 아니었어. 그냥 너 때문이었어. 그렇게 우리는 또 친해진다.

밖에서 고생했을 덕이를 생각하면 마음이 찢어진다. 오랫동안 밖에서 먹고 잤을 녀석을 생각하면 눈물이 난다. 너무나도 착한 눈으로 꼬리를 흔드는 이 녀석이 왜 버림을 받았는지 화가 나기도 한다.

아직도 치석이 많이 껴 있고 각질이 떨어지지만 사상충 치료 때문에 스케일링도 피부 치료도 뒤로 미뤄야 한단다. 입 냄새가 진동을 하고 집 안에 각질이 부스스 떨어져 있어도 덕이의 평생 좋은 친구가 되어줄 수 있을 것 같다. 조금 말썽을 피워도 가끔 우울감에 토라져 있어도 전부 다 안아줄 수 있을 것 같다.

그리고 적어도 이 글을 보시는 분들께 부탁드린다. 강아지 버리지 마시라.
인터넷에서 우연히 어떤 글을 봤다.

'어떻게 개를 사랑해야 하는지 모르는 사람은 있지만, 어떻게 사람을 사랑해야 하는지 모르는 개는 없습니다.'

당신이 키우고 있는 그 강아지는 당신을 위해 목숨도 내놓을 각오가 되어 있다. 집에다 똥오줌을 싸놓는 것, 마구 짖어대는 것, 밥을 축내는 것은 그 개를 버릴 이유가 되지 않는다. 당신이 집에 똥오줌을 싸놓고 소리를 지르고 밥을 축내도 그 강아지들은 당신을 버리지 않는다. 그리고 원래 영역 표시를 위해 변을 여기저기 싸고, 위험하면 짖고, 배고프면 먹고, 이것저것 물어뜯는 게 개다. 그런 강아지들을 사랑하지 못할 거라면 애초에 키우지 마시라. 당신은 개를 키울 자격이 없는 사람이니 말이다.

다시 한 번 부탁드린다.

강아지 버리지 마시라.

이사

2015. 07.

이사를 했다. 기존에 살던 곳은 풀 옵션이 장착된 6평짜리 원룸 오피스텔이었다면, 이번엔 옵션이 없는 10평짜리 빌라다. (물론 대출을 꼈다. 대출까지 낀 주제에) 어쩔 수 없이 가구들을 사야 했다. 냉장고부터 세탁기, 에어컨, 옷장, 책상, 책꽂이, 침대, 하다못해 개 침대까지 전부 다 사들였다. 배꼽에 배가 붙어 있는 격이다.*

이삿짐센터를 부르지 않고 불알친구 아버지의 트럭을 빌려, 불알친구 셋을 데리고 이삿짐을 옮겼다. 돈도 주지 않으면서 밥도 주지

* 상상하니 징그럽다.

않는 고객에게 화가 난 친구 하나가 분에 못 이겨 투덜거리기 시작했다.

"삼류 단역 엑스트라 새끼야, 밥도 안 처먹는 게 냉장고는 왜 이렇게 좋은 걸 샀냐?"
"〈냉장고를 부탁해〉 나갈 수도 있잖아."
"취미가 실연인 새끼가 침대는 왜 이렇게 큰 걸 샀냐?"
"〈나 혼자 산다〉 나갈 수도 있잖아."
"프론데? 뭔가 준비된 코미디언 느낌이야."

도무지 서비스 정신이라고는 없는 친구들과 티격태격하면서 어쨌든 이사를 마쳤다. 새삼 엄마 아버지가 대단하다고 생각했다. 아들놈은 바쁘다는 핑계로 이삿날 나타나지도 않는데 이 집의 서너 배는 되는 집의 이사를 어떻게 그렇게 다니셨는지.

"엄마, 이 이사를 그동안 다 어떻게 했어 그래. 대단하네."
"이삿짐센터 부르면 망고 땡. 데헷."

새삼 이삿짐센터 아저씨들이 더 대단하다고 생각했다. 그리고 나와 친구들은 이삿짐센터 사업에 대해서 심각하게 고민했고, 서로의 얼굴을 보고서는 경쟁력이 현저하게 떨어질 것이라는 판단을 명쾌하게 내릴 수 있었다. 크게 한 번 웃고 각자의 위치에서 열심히 살기로 했다. 정말 돈을 많이 벌어야 사람 구실을 할 수 있는 얼굴들이었다.

다들 뿔뿔이 흩어지고 강아지와 단둘이 맞는 밤. 약간 섹시하게 땀범벅이 된 몸을 씻으려고 속옷만 입고 옷장을 뒤지는데 뭔가 느낌이 이상했다. 창이 크다는 이 집의 장점은 이 집뿐만 아닌 앞집의 장점이기도 했다. 리얼리즘을 추구하는 나의 몸을 내가 방심한 사이에 훔쳐볼 수 있었다.

"앞집에 누군가 있어. 내 사생활을 훔쳐보는 것 같아! 디스패치 같은 그런 건가?"
"그냥 도둑이야."
"지금 없어져버렸어!"
"피죽도 못 먹은 것 같은 네 몸을 봤기 때문이야."

이사 온 지 3일째, 다닥다닥 붙어 있는 빌라 단지와 큰 창에 점점 적응이 되면서 발가벗은 몸으로 각종 지형지물을 이용하여 은폐엄폐하는 기술을 터득해가고 있다. 그냥 옷을 입으면 될 것을.

연고가 있던 동네도 아닌 탓에 주변 조사도 해야 하고, 강아지가 뛰어놀 수 있는 공원도 찾아봐야 하고, 아직 조립하지 못한 가구도 조립해야 하고, 그중 쓰지 못할 가구도 환불하러 가야 하고, 집주인 몰래 잘라버린 주방 선반 문짝도 다시 달아야 하고 할 일이 태산이다. 이사라는 게 참 호락호락하지 않더라는 거다. 그래도 아직 이 집이 마음에 든다. 강아지 덕이도 좋아하는 눈치다. 전보다 배를 까뒤집는 횟수가 늘었고 그에 비례해서 난 좀 더 귀찮아졌다. 배를 긁어주지 않는다고 주인 뺨을 때리는 개를 키우고 있다. 팔자다.

초코과자를 건네니 이딴 거 집에 많다고 성을 내며 도로 던지는 네 살짜리 꼬마가 밑에 집에 살고 있다. 팬티만 입고 다녀서 왜 팬티만 입고 다니느냐 물으니 집에 바지가 없다고 거짓말을 친다. 친해지기 힘든 타입이다. 언젠가는 친해질 테다. 그리고 이 초코과자를 꼭 먹일 것이다. 앞집에는 잘은 모르겠지만 방송국 PD가 살고 있다고 한다. 다른 집은 몰라도 앞집에는 꼭 떡을 돌릴 것이다. 5층에는 인심 좋은 집주인 할머니가 사시고, 2층에는 그분의 따님이 사시고, 그분의 따님의 아이가 바로 그 팬티꼬마다. 그 셋은 많이 닮았다. 재밌다.

이 집에 금방 정이 들 것 같은 예감이다. 쌍욕만 안 했지 서로 죽일 듯이 싸우는 앞 건물의 부녀만 제외하면 동네도 고즈넉하니 조용하다. 이 집에서 크게 성공해서 나갔으면 좋겠다는 집주인 할머니, 덕이를 좋아해주는 동네 사람들만 봐도 예감이 좋다.

그리고 한 가지,

이사할 때는 웬만하면 이삿짐센터 부르시라.

잘 듣고 있습니까

2015. 08.

듣는 것에 인색한 사회다. 어쩌면 그런 시대인지도 모르겠다. 듣기보단 말하는 것에 익숙한 시대. 들리는 것을 듣는 것조차 원하지 않는 이곳에서 듣고 싶어 듣는 행위는 사치일지도 모르겠다는 생각이다. 예를 들면 이렇다.

"나 죽고 싶어."
"지랄하지 말고 술이나 먹자."

이런 식이다.

내가 왜 죽고 싶은지 묻지 않는다. 다섯 글자로 말하니 열한 글자로 답한다. 그리고 딴에 여자랑 헤어져서 죽고 싶은 것이겠거니 한다. 여자랑 헤어졌으니 술이나 진탕 마시면 죽고 싶지 않겠거니 한다. 만약 그렇다고 해도 왜 헤어졌는지, 어디서 어떤 방식으로 헤어졌는지, 헤어지고 뭘 했는지, 내가 지금 집인지 공원인지 한강 다리 위인지 듣지 않고 술을 먹자고 한다. 술을 마시면 된다고 열한 글자로 답한다. 살고 싶다고 했으면 조금 더 애처롭게 들어주었으려나 하는 찰나의 고민도 어차피 소모라고 판단하고 항상 그렇게 마음을 접는다.

그게 지금 내 주변이고, 내 사회다. 물론 내가 여자랑 헤어졌다는 건 아니다. 그저 예시라는 것이다. '웃기고 자빠졌네, 쪽팔리니까 예시라고 하네. 풉.'이라고 생각하는 몇몇 분들도 지금 나의 이야기를 듣고 있지 않다고 보면 되겠다.

'잘 들어라.'

연기학교에 들어가서 처음으로 배웠던 것이다. 상대의 말 혹은 내가 처한 상황에 대해서 잘 들어야 한다는 거고, 그것이 연기의 기본이라는 것이다. 그렇지 않은 연기를 '혼자 하는 연기'라고들 하고,

나 같은 놈이 긴장을 하면 저지르는 실수가 바로 그 '혼자 하는 연기'다. 하지만 이 실수들을 발견하기가 또 그렇게 쉬운 일이 아니다. 귀 기울여 듣지 않으면 잘 모를 정도로 꽤나 수려하게 편집이 되어 사람들에게 다가가니 말이다. 그렇다고 크게 귀 기울여서 듣고 싶어 하지 않는 사람들에게 "잘 들어봐. 이건 속임수야."라고 말하는 것도 폭력일 수 있겠다는 생각이다.

이 시대가 편집의 시대고 무관심의 시대다. 비단 영화나 TV프로그램뿐만이 아니다. 우리 삶 깊숙이 파고들어와 있다는 거다. 상대의 말을 편집해서 듣고 어떠한 상황을 오역하는 상황이 빈번하게 발생한다. 사실 관심도 없으면서 듣고 싶은 대로 들어버리고 금세 잊어버리는 일이 잦다. 후에 "어 그랬어? 난 이런 줄 알았는데. 네가 그렇게 얘기했잖아. 잘못 들었나 보네. 미안해." 정도로 상황을 정리해버리고 다시 나의 판단에 집중한다.

'집주인 아주머니 말씀으로는 우리 옆집에 방송국 PD가 산다고 한다. 그 PD를 본 적은 없고, 같이 사는 PD의 여자 친구를 본 적은 있는데 꽤 예쁘게 생겼다는 사실만 나는 알고 있다. 집 앞에 쓰레기를 세워놓고 몰아서 버리며 얼마 전에는 쓰던 베개 두 개를 버렸는데 색이 꽤 누런 것을 보니 PD는 둘째 치고 그 여자 친구도 깔끔한

성격은 아니겠거니 한다.'

사실 전부 추측이다. 그 사람의 말을 들어보지도 않고 나는 그 예쁜 여자를 동거녀라 판단했고(왜 그 PD가 남자일 거라고 생각했는지조차 잘 모르겠다.) 집 안을 들여다보지도 않고 그들을 지저분한 사람들이라 판단했다. 그 여자는 동생일 수도 있는데, 동생이라면 사돈지간이 될 수도 있는 건데, 나는 왜 그 사람의 말을 듣지 않… 여기까지 하겠다.

'지금 힘드신가요? 당신의 이야기를 들어드리겠습니다.'

한강 다리 위에 설치된 생명의 전화에 붙어 있는 문구다. 가장 절박한 순간에 내 이야기를 들어주는 사람이 생면부지의 수화기 너머 상담원이라니 참 슬프다. 동시에 가장 절박할 때 내 이야기를 들어주는 사람이 한 명이라도 있다는 게 다행이기도 하다. 어쩌면 아무에게도 전달할 수 없는 이야기라면 얼굴도 모르는 그들에게 전달하는 것이 나을지도 모르겠다는 생각도 든다. 적어도 그들은 "젠장, 무슨 그딴 일이 있어. 술이나 먹자 나와."라고 하지 않는다. "그랬군요. 그럴 수도 있겠네요."라고 말해준다. 죽지 말라거나 살아야 한다는 뜬구름 잡는 이야기도 하지 않는다.

'그냥 들어준다.*'

어려운 일이다. 누군가와 대화를 하면 나도 모르게 '다음을 듣고 맞는 것을 고르시오.'식의 듣기 평가를 하고 있다. 듣는 것이 중요한 게 아니라 맞는 것을 고르는 게 중요해졌다. 어쩌다 틀리면 꾸중을 듣고, 실수하면 돌이킬 수 없는 시대에서 맞는 것을 고르는 데 혈안이 되어버렸다. 그저 들어달라는 것이었는데 그러다가 오히려 틀린 답을 말하는 바람에 상대는 더 힘들고 죄스러운 감정을 부풀린다.

"나 어제 술 먹다가 부장이랑 맞짱 떴어."
"그 부장이 개새끼네!"

처럼 말이다. 설사,

"그건 네가 참았어야지. 네가 맨날 지각하고 핸드폰 하니까 부장이 그러지."

* 그런데 얘기하다 보면 경찰이 온다. 절대 장난으로 듣지 마시라.

라고 맞는 답을 말해도 상황은 마찬가지다.

그들은, 그리고 우리는 그저,

"…."의 침묵과
"그랬구나. 가끔은 그럴 수 있어."의 동의가 필요한 순간인데 말이다.

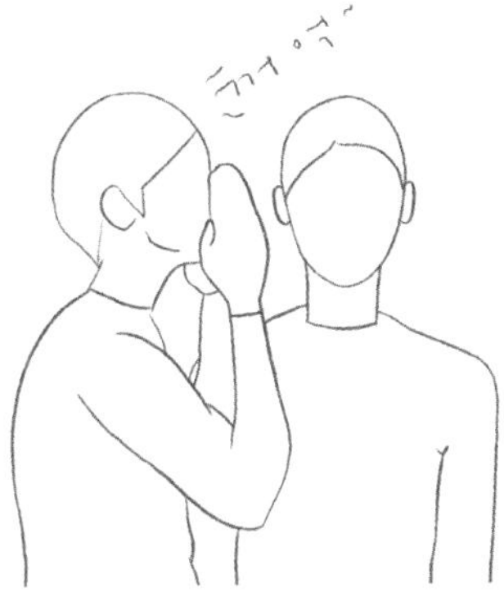

인터뷰 1

2015. 09.

세계 3대 영화제인 칸 영화제, 충주 사과 영화제, 목동 사거리 영화제 중 하나인 칸 영화제 미드나잇 섹션에 소개가 된 영화 〈오피스〉가 드디어 개봉을 했다.(나머지 두 영화제에는 색깔이 맞지 않다는 이유로 탈락했다.) 보는 내내 긴장을 늦출 수 없던 이 작품은 잘 만들어진 스릴러 영화라고 감히 말할 수 있겠다. 그리고 그 영화의 중심에 있는 배우 박정민과 인터뷰를 진행했다.

안녕하세요. 영화 개봉 축하드려요.

- 네.

축하드린다고요.

- 아, 감사합니다. 빈말인 줄 알았어요.

이 영화를 선택하신 이유가 있으세요?

- 저는 아직 영화를 선택할 만한 위치가 아닌데요.

에이 왜요, 만년 유망주신데요.

- 네?

노망주…?

- 뭐라고요?

다음 질문으로 넘어갈게요. 〈오피스〉 촬영하시면서 가장 좋았던 게 뭐예요?

- 배우들이 너무 좋았어요. 사실 영화 시나리오가 들어왔을 때도 같이 하는 배우들 얘기 듣고 구미가 당겼었거든요. 류현경 누나나 수현이는 이미 꽤 친한 사이였고, 김의성, 배성우, 박성웅 선배님들은 정말 좋아하던 배우여서 꼭 하고 싶었어요. 촬영할 때 다들 너무 친해져서 아직도 단톡방에서 막 서로 욕하고 헐뜯고 달래고 어르고 그래요. '오피스 배우들 1년이 지난 지금, 서로 욕하고 헐뜯어'라고 제목 내시면 고소할 거니까 알아서 하시고요.(웃음)

힘든 건 없으셨어요?

- 이 작품의 배경이 용산이거든요. 근데 부산에서 찍었어요. 엄마 보고 싶어서 힘들었어요. 해운대에서 엄마 생각하면서 몇 번을 울었는지 몰…

우세요?

- 안 울… 흑… 컥… 흐헉…

진정하시고요. 근데 영화에서 파마하신 거예요? 헤어스타일이 되게 촌스러우시던데 콘셉트인 거죠?

- 그거 제 머린데… 흐헉… 큭. 흐어엉…

아, 그게 아니고, 아니, 제 말은 분장도 안 하신 거 같고 진짜 실생활에서 볼 수 있는 그런 역할인 것 같다는 말이었어요.

- 분장 30분 동안 한 건… 흐엉… 크허헉… 매니저 나 이 인터뷰 못하겠… 흐어어어엉.

넘어갈게요. 다음 질문인데요. 저 진정하시고요. 부산에서 그럼 맛있는 거 많이 드셨겠어요?

- 네. 성웅 선배님이 언양불고기도 사주시고 의성 선배님이 회도

사주시고 치킨도 사주시고 맛있는 거 많이 먹었네요. 배우들끼리 노래방도 가고 진짜 재밌게 작업했던 것 같아요. 대환이 형이랑은 편의점 앞에서 커피 마시고 담배 피우면서 새벽까지 얘기도 자주 하고, 현경이 누나, 수현이, 아성이, 성우 형, 채은 누나 전부 다 부산에서 진짜 재밌었어요.

진짜 배우들이 잘 지냈나 봐요.

- 네, 개인적으로 조연으로 영화 참여할 때 상대적으로 현장에 있는 시간이 적으니까 배우들이랑 친해지기 어려워하거든요. 근데 이번 현장에선 주연, 조연 이런 구분이 일체 없었던 거 같고 다들 정말 잘 지냈어요. 주, 조연 할 거 없이 마지막 촬영 때는 서프라이즈로 케이크에 촛불 켜서 축하도 해주고 하니까 '아 그래도 내가 이 영화에서 그냥 소모되는 게 아니라 어느 한 축에서 어느 정도 역할이 됐나 보다.' 하는 생각도 들더라고요. 그래서 애정이 가요, 이 영화에.

감독님은 어땠어요? 학교 선배님이시죠?

- 학번으론 제가 선배일 걸요? 저 영상원 06학번임.(웃음) 사실 현장에서 감독님도 처음이시고 저도 이런 스릴러 영화는 처음이니까 정신없었던 거 같아요. 그래도 감독님은 굉장히 신중하시고 집중해 계시더라고요, 항상. 그림이 확실하신 것 같기도 하고. 사실 〈오

피스〉만큼 촬영하고 나서 어떻게 나올까 감이 안 잡히는 영화도 없었거든요, 개인적으로. 그래서 시사회 때 많이 떨리고 불안하기도 했는데 영화 보고 나서 손님을 좀 더 불렀어도 됐겠다, 하는 아쉬움도 들더라고요. 영화 재밌었어요. 무섭고.

다른 배우들은 박정민 배우를 어떻게 생각할 거 같으세요?

- 글쎄요. 뭐 노력하는 젊은 청년? 착한 미남형 배우? 말 잘 듣는 좋은 후배? 그렇지 않을까요?

단톡방에 한번 올려보세요.

- 아 그럴까요?

'여러분에게 저는 어떤 사람인가요? X 같은 새끼 뭐 이런 것도 괜찮아요. 하하.'

'X 같은 새끼요.'

'잘되기 직전의 배우라고 생각한다. 됐지?'

'저렇게 생겨서 다행인 배우. 좀만 더 못생겼어도… 어후.'

'변희봉의 재림.'

'변희봉 선생님 성대모사 동영상 또 보내줘.'

‘저렇게 생겨서 다행인 배우 2. 잘생겼으면 여자로서 정신 못 차렸을 거 같음.’

‘잘생겼으면 인격이 저렇게 안 됨.’

‘천부적 재능.(다른 의미로)’

‘X 같은 새끼 2’

…

정말 친하신가 봐요.

- ….

그래도 좋은 말도 있네요.

- 어디요?

인터뷰 그만할까요?

- 오늘 저 컨트롤비트 다운 받을 거예요. 다 털어버릴 거예요.

마지막 질문할게요. 왜 이런 자작 인터뷰를 하시죠? 인터뷰 안 해줘서 그런 거예요?

- 아, 아니요. 저는 그저 〈오피스〉 홍보에 도움이 되고자… 크흑…

허엉… 크헉엉….

배우 박정민은 그렇게 인터뷰 장소를 뛰쳐나갔다. 테이블에 두고 간 휴지에는 콧물이 많았다. 콧구멍이 커서 콧물도 많은 모양이다. 어쨌든 〈오피스〉에 대한 박정민의 애정은 말 안 해도 느껴질 정도였고, 동료 배우들에 대한 애정도 충분히 느낄 수 있었다. 오늘 밤 컨트롤비트 위로 얹힐 그의 랩 가사가 문득 궁금해진다.

*　작가의 욕심으로 소량의 허구가 첨가돼 있다.

인터뷰 2

인터넷에 내 이름을 치면 꽤 많은 인터뷰가 나온다. 주로 영화가 개봉하거나 드라마가 방영될 때 인터뷰를 하는데 늘 질문을 하는 쪽은 기자들이고, 질문에 대답하는 건 내 쪽이다. 당연한 일이고, 그 당연한 일이 조금은 지겨워서,

반대로 한 기자를 인터뷰하기로 했다.

[인터뷰] TV조선 박소영 기자 "기자라서 행복해요."

2016.07.24. 19:37:29

20세기 후반, 집집마다 메가패스가 깔리면서 따라올 테면 따라와 보라며 누구보다 빠르게 남들과는 다르게 인터넷이 보급되었다. 종이보다는 모니터 앞에서 세상 돌아가는 일을 더 빠르고 쉽게 찾아볼 수 있게 됐고 지금은 휴대폰으로 미국 대통령 선거 개표 결과를 실시간으로 볼 수도 있게 됐다. 하루에 쏟아지는 수많은 기사들. 그 기사를 작성하는 한 기자를 만났다.

아니, 못 만났다. 서로 바빠서. 서면과 메신저로 인터뷰를 진행했다. 굳이 안 만나도 인터뷰가 잘됐다. 이거 보시라. 이제 인터뷰도 원격으로 할 수 있다. 신기가 방기다. 어쨌든 천신만고 끝에 협조를 얻어 다섯 가지 정도의 질문에 답해주기로 했다.

인터뷰 내용에서도 알 수 있겠지만, 필자와 인연이 깊은 기자다.

누구시죠?

- 안녕하세요. 저는 TV조선 박소영 기자라고 합니다. 현재는 정치부 정당팀 소속이고, 제1야당인 더불어민주당에 출입하고 있습니다.

오, 그럼 텔레비전에도 나와요?

- …네.

대박. 근데 언제부터 기자가 되고 싶으셨어요?

- 글이 쓰고 싶어서 기자가 됐습니다.

아니 언제부터 기자가 되고 싶었냐고 물었잖아요.

- (어금니를 깨물며) 지금 얘기하잖아. 어릴 때부터 글 쓰고 칭찬받는 게 가장 큰 기쁨 중 하나였거든요. 기자는 글로 밥 벌어먹고 살 수 있는, 제가 아는 몇 안 되는 루트 중 하나였어요. 글 쓰고 말하는 걸 좋아하는데, 어쩌다 보니 글도 쓰고 말도 할 수 있는 방송기자가 됐네요.

어떤 기자가 되고 싶으셨어요?

- 내 입사지원서 복붙해줄까?

자꾸 이러시면 보복성 기사 쓸 겁니다.

- …글로 사람을 움직일 수 있는 기자가 되고 싶었어요. '단 한 줄로도 읽는 사람의 마음을 울릴 수 있는, 품위 있는 문장을 쓰겠다.'는 게 대학 시절 제 포부였어요. '수습하는 기자'보다 '예보하는 기자'가 되고 싶다는 바람도 있었고요.

무당이 되고 싶었다는 말로 해석하면 될까요?

- 이 인터뷰를 한다고 한 게 정말 후회가 되는 순간이네요. 절대 현혹되지 말았어야 했음.

계속 이어가세요.

- 지금은 정치부 기자로 일하고 있지만, 사실 제 진짜 꿈은 공연 전문 기자예요. 제가 쓴 연극 기사를 읽고, 공연에 전혀 관심이 없던 누군가가 그 연극에 관한 정보를 찾아보고, 나아가 공연장을 찾게 된다면 더할 나위 없이 행복할 것 같아요.

맞아요. 그래서 저희 극단 창단 공연 인터뷰도 해주셨죠.

- 맞아요!

근데 우리 공연 안 봤죠?

- ….

넘어갈게요. 그래서 기자가 돼보니까 어떠세요?

- 제가 상상했던 기자의 삶이 지금의 제 삶과 100% 일치한다고 말할 순 없겠지만, 좋아하는 일을 할 수 있어서 행복해요. 만나고 싶은 사람을 원 없이 만날 수 있고, 그들의 이야기를 누구보다 가까이

에서 들을 수 있다는 게 정말 큰 행복이에요.

되게 가식적이다. 더 듣고 싶지 않지만 계속할게요. 기자로서의 사명감은 무엇인지요?

- 사명감이라고 하기엔 거창하지만, 제 이름 달고 나가는 기사는 아주 작은 팩트도 틀리지 않게 하려고 노력해요. 그렇게 해서 나가는 기사가 세상을 바꾸는 데 조금이라도 기여한다면 그걸로 만족해요.

기자정신이라는 게 그런 거죠. 장하다 짜식.

- 내가 너보다 누나다.

원래는 〈topclass〉 인터뷰 기자였는데, TV조선으로 가시게 됐고, 정치부 기자가 되셨어요? 차이가 있나요?

- 답변하기 전에 밝혀두자면, 저는 정말 정치에 1도 관심이 없는 사람이었어요. 정치인들은 다 똑같다고 생각했고요. 하지만 가까이에서 본 정치인들 중엔 훌륭한 사람이 정말 많았어요. 그동안 정치에 관심이 없는 걸 당연하게 여겼던 자신이 부끄러웠죠. 정치부 기자로 일하면서, 정치가 내 삶과 동떨어져 있는 게 아니라는 아주 기본적인 진리를 깨우쳤다고 할까요. 모두가 정치에 관심을 가져야

해요. 거창한 이유가 있어서가 아니라, 우리가 잘 먹고 잘 살기 위해서요. 박정민 씨 정치에 관심 많으시던데?

네. <썰전>을 열심히 봅니다. 올 단두대!

- ….

방송 나오시는데 화장은 본인이 하시는 건가요?

- 하면 그렇게 나오겠냐?

옷은 본인 옷인가요?

- 평소엔 제 옷을 입는데, 스튜디오 녹화가 있을 때는 의상팀에서 옷을 빌려줘요. 가뜩이나 살쪄서 목이 없는데 칼라가 목 끝까지 올라오는 옷을 자주 주시더라고요.

뭔가 좀 더 가려보기 위한 그들의 암묵적인 프로의식 아닐까요?

- 욕하면 안 되는 거죠?

그나저나 아나운서 분 소개팅해줄 생각도 있나요?

- 우리 회사에 아나운서 없음.

날짜는 언제가 좋을까요?

- 아나운서 없다고.

아깝다. 기자로서 가장 힘든 순간은 언제가요?

- 제가 쓴 기사가 누군가에게 본의 아니게 피해를 줄 때가 있어요. 진실을 밝혀야겠다는 생각으로 기사를 썼는데, 그로 인해 피해를 보는 사람이 생길 수 있거든요. 이럴 때 굉장히 난감해요. 또 확실한 기삿거리를 두고도 취재원과의 관계 때문에 보도하지 못할 때가 있는데, 이럴 땐 많이 아쉽죠.

내가 고민 상담한 거 기사 쓰면 그땐 너 죽고 나 죽고임.

- ㅋㅋㅋㅋㅋㅋㅋㅋㅋㅋㅋㅋ. 은퇴각.

언론의 기능은 뭐라고 생각하나요.

- 글쎄요. 연기란 뭔가요?

Smoke.

- 핵노잼.

언론이 가진 힘은 뭐라고 생각하는지요.

- 진실을 밝히는 힘이죠.

그 힘을 가진 언론은 누구의 편입니까?

- 힘없고 약한 사람들의 편이면 좋겠지만, 그렇지 않을 때도 더러 있네요. 저부터 노력하겠습니다.

좋습니다. 그래서 소개팅 언제 해준다고요?

- 아나운서 없다고.

현상이 중요하다고 보시나요. 이면의 사정이 중요하다고 보시나요.

- 물론 둘 다 중요합니다.

기자로서도 그렇게 생각하나요.

- 기자로서 특히 그렇죠. 아주 쉬운 예로, 살인범 관련 기사를 쓴다고 칩시다. 겉으로 드러난 사실만 봤을 때는 살인범이 아주 죽일 놈일 수 있겠죠. 하지만 이면의 사정을 들여다보면 이야기는 달라져요. 언론이 경계해야 할 것들도 이것과 무관하지 않다고 봐요. '단편적인 사실'만 나열하게 되면 오히려 진실과 멀어질 수 있어요.

정보의 홍수라고도 말하는 시대입니다. 대중들이 정보를 바라보는 시각에 대해서 하시고 싶은 말씀은?

- 대학 시절 교수님께서 이런 말씀을 해주셨어요. 문학은 사실이 아니지만(허구니까요.) 그 어떤 사실보다 진실에 가깝다고요. 단편적인 사실을 보기보다, 그 너머의 진실을 보려는 노력이 필요하겠죠.

훌륭합니다.

- 유어 웰컴.

박정민에게 칼럼을 제안한 분이시기도 하죠?

- 그렇죠.

나한테 왜 그랬어요.

- … 인터뷰 전에 박정민에 관한 기사를 뒤적이다가 싸이월드를 발견했어요. 연기만 잘하는 줄 알았더니, (아, 제 칭찬은 자제해주세요.) 뭐래. 왜 저래. 어쨌든 글도 잘 쓰고 재치도 있더라고요. 그래서 바로 제안했어요. 덥석 물 줄 대번에 알았어요.

아니 그런 거 말고 진짜 이유를 말해봐요.

- 너 뜨면 덕 보려고요. 책 내는 것도 내가 연결해주고 인세도 나눠 먹으려고 했는데. 실ㅋ패ㅋ.

3년 동안 개처럼 쓰고 있는 날! 왜 그랬어요. 모욕감을 주려고 했나요.

- 아, 관둬! 그러면!

열심히 할게요. 칼럼 제의를 후회한 적은 없나요?

- 없어요. 저는 '글은 곧 그 사람'이라는 이야기를 믿어요. 박정민을 좋아하는 분들이 칼럼을 통해 박정민을 좀 더 잘 알게 됐다면 그것만으로도 제 할 일은 다 했다고 생각해요. 그리고 책까지 냈으니, 이젠 덕 좀 보겠네요.

인세 안 떼줄 거예요.

- 기대도 안 했어, 새끼야.

인터뷰 감사합니다. 마지막으로 하시고 싶으신 말씀은?

- 질문 다섯 개라고 그러지 않았냐?

이렇게 다섯 개의 질문에서 다섯 개씩 파생된 질문으로 진행한 인터뷰는 서로 얼굴을 붉히며 마무리되었다. 이 기자는 계속해서 반

복적으로 필자에게 돼지껍데기를 사라고 강요하며, 필자는 바쁘다는 핑계로 피하고 있다. 당분간 본인은 국회 쪽으로 지나가지 않을 것이다. 어쨌든 인터뷰를 진행하면서 이 사람이 기자이길 다행이라는 생각이 연신 들었고 앞으로 계속 프레스 목걸이를 걸고 살았으면 좋겠다는 생각도 들었다. 이 기자는 죽어나겠지만 말이다. 머지않아 이 기자에게 돼지껍데기 알레르기가 생기길 바라며 글을 마친다.

* 작가의 욕심으로 소량의 허구가 첨가돼 있다.

페루

2015. 11.

"나 페루 간다."고 하니,

"누구 패루 페루 가냐?", "페루가 한두 시간 걸리나?", "페루가 남민데 무슨 두 시간밖에 안 걸려. 그나저나 마추픽추 와파 터짐?" 따위의 답변만 돌아온다. 제도권 아래 주입식 교육을 피해 가려다 교육까지 피해 간 멍청한 놈들.

"캔 아이 유즈 유어 핫스폿? 테더링 테더링 플리즈."

성문 기본 영어를 독파했다면, 이 정도는 기본이다.

페루다. 잉카 문명의 수도 '쿠스코', 굽힐 수 없는 자존심 '마추픽추', 학설로선 어폐가 많은, 하여 전설로서나 이해가 가능한 '나스카', 태양이 지는 드넓은 사막 '이카'. 작년 어느 예능 프로그램에서 소개되면서, 이 미지의 땅은 우리에게 조금이나마 친숙한 곳이 되었고 때문에 많은 사람들이 마추픽추, 나스카 등의 존재를 알게 되었다. 직접 눈으로 보니 '웅장하다' 혹은 '신비롭다' 등의 수식어를 붙이는 것 자체가 무례한 광경이다. 결국 '형언할 수 없는 아름다움'이더라는 것이고, 그래서 난 이 글에서 그런 것들을 '형언'하지 않기로 했다. 그럼 정말 마추픽추에서 "테더링 테더링."거린 이야기나 하려고 하느냐면 그것도 아니다.

루스.

열 살도 안 되어 보이는 분홍색 가방을 멘 어린 소녀가 쿠스코의 아르마스 광장에 있는 한국인 무리에게 다가온다. 한눈에 봐도 조악해 보이는 인형과 라마 열쇠고리를 가방에서 꺼내 사달라고 한다. 인형은 하나에 5솔(약 1800원)이고 열쇠고리는 하나에 1솔(약 350원)이란다. 아무래도 마음에 걸린다. 이름이 뭐냐고 물으니 알아들을 수 없는 말을 한다. 그러더니 뒤돌아 자기 가방을 보여준다. 'Ruth'. 아, '두쭈'라고 한 줄 알고 원주민 이름은 좀 특이하구나 했는데, 루스였구나. 내 이름을 묻는다. "난 정민." 하니 인형을 가리키며 "이건 정민이고." 인형이 안고 있는 또 다른 아기 인형을 가리키며, "이건 정민의 아기야."라고 한다.

'능숙하다. 안 사고는 못 배기겠다. 뼛속까지 장사치다. 봉이 김선달인 줄.'

정도의 생각을 하고 있는데, 5솔에 사란다.

"솔이 없어."

라고 하니 다시 한 번 "이건 정민이고, 이건 정민의 아기야."라고 한다. "난 아기가 없… 아니, 내가 솔이 없다니까." 하니 루스가 말한다.

"아임 쏘리, 원 솔 프레젠트 포 미.(미안해요, 그럼 1솔만 내게 선물로 주세요.)"

그제야 루스의 눈을 본다. 착한 아이라는 걸 단번에 알 수 있다. 그 아이는 그저 1솔이 필요한 것뿐이다. 1솔이 없으면 살 수 없는 사람이 1솔이 당장 없어도 살 수 있는 사람에게 그 돈을 요구하는 것이 그렇게 미안할 일도 아니겠단 생각마저 들게 하는 눈이다. 그래, 솔직히 불쌍했다. 얼마라도 쥐여줘야 속 편할 것 같았다. 솔이 없으니 달러 몇 장 쥐여주고 그 조악한 인형 하나를 샀다. 루스는 "고마워요!"라고 하더니 어떤 남자에게 가서 그 돈을 준다. 조직의 우두머리 정도 돼 보이는 남자다. '그래 그럴 줄 알았다. 그래도 수많은 루스 중 오늘 에이스는 너다 루스.' 하는 마음으로 담배를 뻐끔뻐끔 피운다. 그런데 어느새 "정민, 이거요." 하며 루스가 다가와 라마 인형 열쇠고리를 뭉텅이로 내민다. '선물'이란다. 아니다, 너무 많다. 가장 예쁜 거 하나만 주고 나머지는 다른 사람한테 팔아서 고기 사 먹어라, 하며 하얀색 라마를 골라 곧장 가방에 걸었다. 그럼 하나 더 가지라며 회색 라마를 준다. 그리고 그렇게 루스와 헤어졌다.*

물론 그 아이의 행복지수를 내 나름대로 판단하는 것 자체가 실례고 무례다. 하지만 100만 원짜리 목도리를 파는 가게 앞에서 100원짜리 인형을 파는 아이가 과연 그렇게 행복할까 싶기도 하다. 산속에 파묻혀 아무것도 모른 채 살아가는 원주민 아이들이면 모를까, 국가에서 나오는 가루분유를 되팔아 그 돈으로 예닐곱의 식구들이

* 쿠스코에 있는 며칠간 루스가 있는지 두리번거렸지만 찾을 수 없었다.

밥을 먹어야 하는 가족의 아이들은 좀 덜 행복하지 않을까 싶다. 수도 리마에선 아이가 장난감을 사달라고 엄마를 조르는데, 제2의 도시라는 쿠스코에선 아이가 장난감을 사달라고 관광객을 조른다.*

스무 살 때 마추픽추에 대한 막연한 동경에 며칠 밤 컴퓨터를 붙잡고 자료조사를 했었던 적이 있었다. 결국 돈이 없어서 못 간다는 비극으로 끝이 났지만 10년 뒤 기회가 되어 직접 눈으로 볼 수 있게 되었다. 그리고 살짝 '들여다보니' 마추픽추는 그들의 일부분일 뿐, 더욱 흥미로운 사실이 그 안에 존재하더라는 것이다. 300년이 넘는 식민통치 아래서 생성된 그들의 정서, 그리고 그들만의 가톨릭, 이해할 수 없을 정도로 정교한 그들의 기술, 반면에 문자를 만들지 않아 그 어떤 기록도 남아 있지 않은 잉카. 마치 잉카 하면 고대 문명 같아 보이는 것도 이 때문인지 모르겠다.(잉카는 고작 500년 전에 존재하던 문명이다. 놀랍지 않은가.) 훗날, 좀 더 공부한 뒤에 페루에 대한 이야기를 더 해볼 수 있는 기회가 있었으면 하는 바람이다.

* 사실, 페루의 상황을 단적으로 보여주는 예라고 할 수도 있겠다. 페루 GDP의 대부분은 상위 10%의 소득에 가깝다고 하고, 리마 시내만 조금 돌아다녀 봐도 빈부의 격차가 눈에 훤히 들어온다.

아무튼 그렇게 여차저차 2주간의 페루 여정이 끝났다. '다시 오고 싶다.'라는 마음만 들어도 그 여행의 반은 성공인데, '꼭 다시 오겠다.'라는 마음으로 인천행 비행기를 탄다. 아직 보지 못한 것에 대한 미련과 알고 싶은 미지의 영역 등이 설움으로 받친다. 뭘 또 그 정도냐 한다면 직접 가보시라. 앞서 말한 것처럼 '형언'할 수 없는 것들이 존재한다. 심지어 그들의 정서까지도 이상한 것들이 많다. 2주 동안 가장 많이 한 말이 "거 참 희한하네."였다. 그렇다. 참 희한한 나라다.

그리고 루스, 너한테 산 인형에 '루스'라는 이름을 붙여줬어. 기억할게. 행복해.*

* 아직도 이 인형만큼은 보이는 곳에 두곤 한다.

응답하라

2015. 12.

집에 무전기가 하나 있다.

"칙칙 거기 누구 없나요."

칙칙….

1997년, 그러니까 중탑초등학교 5학년 재학 시절이었다. 앞서 그보다 1년 반 전, 반 대항 축구시합에서 누구보다 빠르게 남들과는 다르게 결승 자책골을 넣고 쭉 바보똥개 소리를 듣던 와중이었고, 바보는 그렇다 쳐도 똥개는 너무하지 않나 싶어, 늘 잘나갈 수 있는 기회를 호시탐탐 노리고 있었다. 그리고 마침 기회가 찾아왔다. 새

학년이 되자 8절 도화지에 자기 이름으로 된 삼행시를 써서 자기 사진과 함께 교실 뒤 게시판에 붙이는 과제가 부여된 것이었다. 집에 가서 앨범을 뒤지고 뒤져, 여자애들이 다 뒤질 만한 뒤지게 귀여운 어릴 적 사진을 찾아냈다. 그리고 '박박 밀었어요/정말 아팠어요/민족이 무너질 것처럼 아팠어요'라는 당시 부모님과 목욕탕에 같이 가는 초등학생의 비애를 코믹하게 담은 역설적 삼행시를 기재해 넣었다.

대박이 났다.

반의 여자아이들은 내 과제물 앞에서 떠나지를 못했다.

"얜 누구야? 처음 보는데? 전학생이야? 짱 귀엽."
"토니 안 닮았다. 완전 캔디하게 생겼어."
"삼행시 좀 봐, 심지어 의식도 있고 적당한 반항심도 엿보여. 섹시해."

등등의 반응이었달까. 이뿐만이 아니었다. 체육시간에 뽐낸 송태섭 스타일의 농구 실력에 같은 반 미경이는 치마를 펄럭이며 소리를 질렀고, 야구시합에서 라이벌 준행이를 삼진으로 처리한 그 순간은 '내가 제일 잘나가'의 화룡점정이었다. 덕분에 절대적 인기의 척도라는 1학기 반장 선거에서 여성 유권자들의 절대적 지지로 인해 반장 타이틀을 가볍게 석권했다. 거기서 그치지 않았다. 감사의 의미로 학급 문고에 《만화 삼국지》 60권을 기부하여 아이들의 역사의식을 고취시키는 데 이바지했다.* 뿐만 아니라, 반장답게 반에서 수학익힘책을 가장 빨리 풀었고, 학기 중 시험에서도 늘 1등이었다. 잘나간다는 애들만 할 수 있다는 반 대표 계주 선수이기도 했고, 집에 586컴퓨터를 들여 친구들에게 신세계를 접하게도 해줬다. 그랬다. 내가 제일 잘나갔다. 1997년도였다.

2015년이다.

'칼로 난 상처에 굳은살이 배기 시작하니, 이번엔 날카로운 창이 푹 하고 들어온다. 적응이 되었다고 다독였는데, 또 한 번 기습을 당한다. 고통이란 건 제갈량이라도 된단 말인가. 어쩜 그리 늘 예상치 못한 때에, 예상치 못한 곳에서 습격을 해온단 말인가. 배가 부

* 나의 불알친구들은 아직도 삼국지 60권으로 반장을 샀다고 하지만, 반장이 되고 책을 기부한 것이다. 이 글을 통해 정확히 밝히는 바다.

른 병사들은 하나둘씩 도망가고, 조금씩 내 안의 군대가 해산되다 보니, 어느새 왜놈들이 쳐들어와 있다. 지킬 수 없었다. 난 또 한 번 꼭두새벽 집구석에서 맥주 몇 잔에 무릎을 꿇고 꺼이꺼이 운다. 그리고 또 결심한다. 다시는 당하지 않겠다.'

괜히 양화대교 어귀에 앉아서 이따위의 글을 쓰며 또 괜히 자이언티의 '양화대교'를 듣는다. 우리 아버지는 택시 드라이버도 아닌데 재차 괜히 눈물이 나기도 한다.

몸에 화가 덕지덕지 붙어 있고, 작은 터치에도 고약한 심술이 발동한다. 속에는 욕이 주렁주렁한데, 그걸 참아야 하니 인맥은 앙상해진다. 때문에 편한 사람들에게 퍼부어버리고, 그때마다 분이 풀리기는커녕 배로 쌓이곤 한다. 한숨만 푹푹 내쉬는 요즘, 그 한숨에 우리 집 개는 멀찍이 떨어져 눈치만 본다. 그 한숨에 엄마 아버지도 쟤가 옛날엔 안 그랬는데, 하며 같이 한숨을 쉰다. 미안한 마음이다. 미안한 마음, 단지 그뿐이다. 그러면서 애써 좋았던 때를 생각하니, 가장 걱정 없이 행복했던 날을 생각하니 1997년이 떠오른다. 앞서 자만하듯 단어들을 나열했지만, 사실 지금으로서는 그것만이 위안이더라는 거다.

"칙칙. 아저씨 나 여기 1997년인데요. 인기 짱 많아요."

"그렇구나."

"칙칙. 근데 아저씨 삼국지 43권이 없어졌어요. 누가 훔쳐 간 듯."

"안 됐구나."

"칙칙. 근데 아저씨 왜 그러고 살아요."

정도의 대답만 돌아오는 무전기다. 무전기가 싸구려라 그런지도 모르겠다. 조금 비싼 걸 샀으면 이랬을지도 모를 일이다.

"칙칙. 여기는 2030년이다."

"…?"

"삼국지 43권이 침대 밑에 있었다."

"…?"

"그리고 이곳은 행복하다."

그게 언제든, 그게 누구든, 문득 심장 언저리가 '물렁'해지는 응답을 해줬으면 좋겠다. 아마, 당신들도 그럴 것이다. 늘 달고 사는 여섯 글자가 필요할 터이다. 그 말 우선 내가 해드리겠다. 나중에 갚아라.

"칙칙… 다 잘될 겁니다."

이 정도면 〈응답하라 1997〉에 나와도 이상할 것이 없다고 생각하고 있는 와중, 〈응답하라 1988〉에 성보라의 쓰레기 남친으로 3분 나와서 약 3천 개의 욕을 먹었다.* 이 글을 빌려, 성보라의 마음을 아프게 한 점 사과한다. 예쁘고 똑똑한 보라한테 왜 그랬는지 따져 묻겠다.

"칙칙, 1988 박정민 응답하라, 오버. 너 왜 그랬냐. 오버."
"칙칙, 응애응애."
"칙칙, 누구냐 넌."
"칙칙, 두 살이다. 응애응애."

* 아직도 가끔 먹는다.

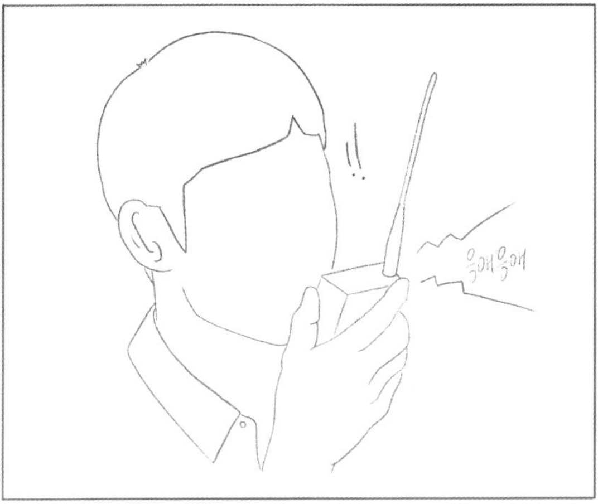
!!
웅애웅애

4부

30

2016. 01.

생일이 빠르니 생일을 제외한 모든 것이 또래들보다 느렸다. 이제 친구들은 연봉이 얼마니, 예물이니 예단이니, 건배제의는 이렇게 하는 게 좋다느니, 하는 알 수 없는 말들을 해댄다. 내가 거기서 "소녀시대가 좋은데 요즘 여자친구가 좋아져서 큰일이다. 태연이한테 미안해 죽겠다. 기분 전환 겸 돈가스나 먹으러 가자." 같은 말을 하고 앉아 있으면 친구들은 말없이 내 어깨를 토닥여준다. 아직 네 나이엔 그럴 수 있다고 한다. 한참 여자친구 좋아할 나이라고 사뭇 진지한 표정으로 돈가스를 사준다. 기분이 좋아져서 여자친구의 '오늘부터 우리는'을 듣고 있자니 친구놈이 트와이스 노래를 들려주며 얘네도 한번 좋아해보라고 한다. 흔들린다. 샤샤샤.

서른이 되어버렸다.

지나가는 꼬마에게 "귀엽다."라고 하면 "엄마, 이 아저씨가 나한테 말 걸어."라며 엄마에게 이른다. "난 아저씨가 아니야."라고 하면 아이의 엄마가 "삼촌이 너 귀여워서 그러는 거야."라고 일러준다. 순간 욱해서 아이의 엄마에게 따지려고 시선을 돌리니 나와 또래로 보이는 건 기분 탓일 테다. 그런 또래의 친구들이 하나둘씩 장가를 가고 자신과 닮은 아이를 낳고 각종 SNS에 애 사진만 올린다. 이 애가 훗날에 자기 사진을 무단 도용한 부모의 애스타그램을 발견하곤, 복수의 아빠스타그램 계정을 만들어 노인이 된 힘없는 아빠의 사진을 마구 올려댈 것이다. 그 정도로 여과 없이 참 많이도 올린다. 부러워서 그러는 거냐고. 그래 어쩔 것이냐.

아버지는 서른 살에 나를 낳았다. 아니지, 낳은 건 엄마가 스물일곱에 낳았지. 아무튼 나의 아버지는 서른 살에 나를 태어나게 하시고 열심히 일을 하셨다. 어디서 이런 놈이 나와버렸나 싶어, 말단 공무원부터 시작해서 열심히 차곡차곡 돈도 모으시고 집도 얻으시고 꽤 괜찮은 가정을 이루셨다. 야탑동에서 제일가는 불효자 하나와 효녀 하나를 번듯하게 키워 놓으셨다. 서른 살부터 모은 돈으로 아들내미의 학원비며, 급식비며, 교재비며 다 대주셨다. 아들은 그런 아버지의 기대에 부응하는 척하더니 어느 날 갑자기 연기를 하겠다며 아버지의 뒤통수를 사정없이 갈겼다.* 육십 살의 아버지는 아직도 일을 하신다. 모르긴 몰라도 서른 살의 아들내미가 아직도 제 앞가림을 못하는 탓이 가장 클 것이다.

그런 서른 살이 되어버린 것이다.

나의 서른은 친구들의 그것, 아버지의 그것과는 많이 다른 것 같다. 뒤처져 있다고도 느낀다. 양복을 입을 일도 거의 없고, 통장은 가볍고, 아직도 힙합정신이며, 사회성도 떨어진다. 스물 때도 그랬는데 서른 때도 그렇다. 참 뚝심이 있다. 뚝심 유원지 가서 놀아야겠다, 라는 아재개그를 치면 "우리 부장님이 정말 좋아하시겠다." 하면서 메모장에 적는 친구들보다 난 좀 '느리다'는 말이다.

사실 빨리 서른 살이 되어보고도 싶었다. 서른쯤이면 뭔가 되어 있을 줄 알았다. 열심히 산다고도 살았다. 소신도 있고 신념도 있고,

* 친구들은 언젠가 야탑동 어딘가에 내 얼굴을 딴 불효자상을 만들어줄 거라고 한다. 진짜로 만들어줄 것 같아 두렵다.

그것들을 크게 배신한 적도 없었다. 유혹이 있을 때마다 넘어가지 않기 위해 부단히 노력했던 것도 같다. 그런 고집들이 나 자신을 점점 땅 속으로 꺼지게 하는 것 같다는 생각도 하지만, 아직까지 그것들을 굽힐 의사는 없다. 그렇게 서른이 되었고, 소신과 신념만 남은 다 큰 어른아이 하나가 덩그러니 서 있다.

분명 스무 살에 예상했던 서른 살의 내 모습은 아니다. 부끄럽다. 내가 예상했던 서른을 나 대신 사는 저 앞의 녀석들이 부럽기도 하다. 하지만 어쩌겠는가. 난 생일이 빨라서 생일을 제외한 모든 것들이 평생 동안 또래보다 느렸던 것을 말이다. 단지 생일이 빨라서는 아니겠지만 이런 위안을 두고 또 앞으로 저벅저벅 가면 그만이다. 어딘가에서는 저러다 말겠거니, 쟤는 저기까지라느니, 기대도 안 했다느니, 하는 의견들이 산발적으로 제시되어 있을 테지만 아직까지는 내 귀에 들어오지 않았으니 조금 더 참아보기로 한다.

어제의 스물아홉이 오늘 서른이 되어버린 것이 뭐 대수겠는가. 그저 책임감이 조금 더 생겼다는 것과 이제는 좀 더 열심히 해볼 수 있겠다는 결심 정도가 달라진 점이라면 달라진 점이랄까. 닥쳐보니 별 차이가 없는 것도 같다. 20대에 예상했던 서른과는 조금 다른 모습이라는 것뿐이고, 이렇게 되어버린 마당에 까짓것 마흔을 기약하면 그만이다. 그리고 우리끼리 하는 말이지만 나이 서른에 떵떵거리고 살면 뭐하는가. 질투나 사고 간혹 싸가지 없다는 말이나 들을 테지. 우린 나이 먹어서 떵떵거리며 살면 된다. 그다음에 베풀며 살면서 멋있게 나이 먹었다는 말 들으면서 살면 되는 거다. 그리고 어디 가서 내가 이런 말을 했다고 하지 마시길 바란다. 어린 놈이 싸가지 없다는 소리 들을 것 같으니까 말이다.

'도광양회'라는 말이 있다. 자신의 재능이나 명성을 드러내지 않고 참고 기다린다는 사자성어다.(서른이 되니 사자성어 같은 걸 끼얹기도 한다.) 본인이야 아직 재능이 차오르지 않아 불가피하게 드러내지 못하지만 재능이 가득한 서른들, 혹은 서른 즈음의 사람들이라면 조금 더 자신을 믿고 기다려봤으면 좋겠다. 나 같은 것도 그러고 있으니 말이다.

가만있어 보자. 내가 최측근 인물에게 메시지를 한번 보내보겠다.

'형의 서른은 어떠셨나요?'

'어두웠지.'

그는 지금 아주 잘나가는 배우 중 한 사람이다. 마흔넷에 수많은 작품에서 그를 찾았고, 마흔다섯엔 분명 더 멋진 배우가 될 것이라고 많은 사람들이 이야기한다. 훗날 마흔이 되었을 때, 내가 예상한 마흔의 모습이 아니더라도 난 그 다음을 또 기약할 수 있을 것만 같다. 뭐, 그대들을 위로하는 말도 용기를 가지라는 말도 아니다. 그저 나는 그렇다는 말이다.

나 같은 것도 말이다.

영숙이와 별이

2016. 03.

문득 기억나는 두 여자아이가 있다.

1. 영숙이(가명)
초등학교 시절, 영숙이는 내 친구의 동생이었다. 동시에 내 동생의 친구이기도 했다. 우리 집에 자주 방문했고, 나와 동생 그리고 영숙이는 그 좁은 집에서 숨바꼭질을 하며 놀곤 했다. 그날도 영숙이는 각종 지형지물을 이용한 고도의 은폐엄폐 기술을 선보이고 있었고, 나는 지문, 모발, 타액, 각질 등을 채취하며 그녀를 찾아내고 있었다.

하지만 여타의 다른 날과는 달리 성적이 저조했다. 이유인즉슨, 엄마가 두고 간 학원비 7만 원에서 만 원을 삥땅쳐 애독하던 게임 잡지를 샀고, 이 모든 것을 엄마의 실수로 돌리려는 내 작전이 과연 먹힐까 하는 잡념들이 머릿속을 맴돌고 있었기 때문이다. 그 결과 나는 영숙이에게 숨바꼭질 더럽게 못한다는 소리를 들었고, 자존심이 상했다.

하얗게 불태우고, 영숙이가 갔다. 학원에 갈 시간이 다 됐고, 학원비를 챙기려는데 문제가 생겼다. 봉투가 사라졌다. 망했다. 엄마에게 전화를 걸었다. 학원비 봉투를 잃어버렸다고 하니, 엄마는 수화기 건너에서 내게 돌려차기를 날렸다. 엄청난 능력을 가진 엄마라고 생각했다. 덜덜 떨며 학원에 갔고 아무것도 배우지 못한 채 학원문을 나섰다. 그날따라 매일 같이 집에 가던 만철이(가명)도 들를 곳이 있다며 나를 혼자 보냈다. 외로웠다.

'원고 정재영, 피고 박정민, 7만 원에 무너진 모자지간'
'법정에 선 13세 소년, 과연 뭐가 될 것인가'
'절도 소년 박 모 씨 동생. "그 새끼 언젠가 그럴 줄 알았다." 입장 표명'

등의 헤드라인들을 떠올리니 바로 집으로 돌아갈 수 없었다. 놀이터 등등에서 서성이다가 순간, 만 원을 훔친 것보단 7만 원을 잃어버린 게 나을 수도 있겠다는 마음에 집으로 돌아갔고,

집 앞에는 영숙이가 있었다.

정확히 말하면 영숙이와 만철이와 그 둘의 부모님이 있었다. 영숙이와 만철이는 남매지간이었고, 영숙이가 우리 집에서 6만 원을 훔쳤고, 오빠를 사랑하는 영숙이는 만철이에게 오락실을 가라며 그 돈을 주었고, 만철이는 나를 먼저 보내고 치사하게 오락실에 혼자 갔고, 평소 일찍 집에 들어오던 만철이가 늦자 그의 부모님이 오락실에서 그를 검거했고, 만철이에게 꽤 많은 돈이 있는 것을 발견했고, 추궁을 했고, 영숙이가 준 것이라 했고, 영숙이는 훔친 것이라 실토했고, 그렇게 그들의 부모님이 그 둘을 데리고 집으로 찾아온 것이었다.

하지만 문제는 거기서 끝이 아니었다.

"우리 애가 이 집에서 돈을 훔쳤더라고요. 어머님, 죄송합니다."
"그럴 수도 있죠, 너무 혼내지 마시고 이렇게 찾아와주셔서 감사합

니다."

"죄송해요. 어머님, 여기 6만 원."

"네?"

"6만 원."

"왜 6만 원이죠?"

"애가 6만 원을 훔쳐서 6만 원이죠."

"그 봉투엔 7만 원이 들어 있었는데요."

그 순간, 영숙이는 끝까지 거짓말을 치는 아이가 되었고, 한 대 더 맞았고, 엄마는 만 원을 더 받아냈고, 나를 쳐다보는 영숙이의 눈에선 독기 어린 눈물이 흘렀다. 그날 이후 영숙이는 더 이상 우리 집에 찾아오지 않았고, 내 동생과도 놀지 않았다고 한다. 영숙이에게 정말 미안했다.

2. 별이(가명)

군 시절, 이등병이었던 나는 며칠에 한 번 꼴로 엄마에게 전화를 걸어 안부를 물었다. 어느 날이었다.

"엄마, 나야."

"응 정민아, 별이라는 친구한테 전화가 왔었어. 여자앤데 전화 좀 달래."

"안 돼, 무슨 소리야. 나한테 효린이(가명)밖에 없는 거 몰라?"

"연예인이래."

"번호가 뭐라고?"

엄마의 말을 요약해보면, 초등학교 때부터 날 좋아하던 여자아이가 졸업앨범을 뒤져 집 전화번호를 찾아 전화를 걸었고, 한번 만나고 싶다고 했다는 것이었다. 그리고 그 아이가, 연예인이라고 했다. 효린이를 배신하고 별이에게 전화를 걸었다.* 별이가 전화를 받았다. 그녀는 나 별인데 기억이 나느냐 물었고, 나는 활동명이냐고 되물었고, 본명이라는 대답이 돌아왔다. 기억이 나지 않았다. "기억나."라고 말했지만.

이름도 얼굴도 기억나지 않는 처음 들어보는 연예인 별이와 나는 일주일 정도 매일 통화를 했다. 그러던 어느 날, 오랜만에 통화를 하게 된 효린이 목소리가 좋지 않았다. 목소리가 왜 좋지 않으냐 물었더니, 별이가 누구냐는 말이 돌아왔다. 눈앞이 캄캄했다. 초등학

* 그땐 스무 살이었다. 어렸다.

교 동창이라고 대답했다. 어리석은 대답이었다. 효린이도 초등학교 동창이었기 때문이다.

또 다른 동창인 동일이(가명)에게 내가 별이와 연락을 한다는 소식을 들었다고 했다. 그리고 그 별이가 동일이에게도 꼬리를 쳐서 동일이가 여자 친구와 헤어졌다고도 말했다. 그리고 자신도 나와 헤어지고 싶다고 말했다. 순간 아득했다. '어떻게 별이가 나한테 그럴 수 있지?' 하는 말도 안 되는 생각과 '별이가 누군지 알고 싶다.'는 생각이 동시에 들었다. 부대 선임에게 일련의 사건을 털어놓았고, 그 선임은 내게 별이의 정체를 알아내주겠다며 공중전화로 나를 데려갔다. 그 선임은 별이에게 전화를 걸었다. 별이가 전화를 받았다.

"여보세요."
"(중후한 목소리로) 안녕하세요, 고객님. XX텔레콤입니다."
"네. 그런데요."
"저희가 지금 이벤트 행사를 하고 있는데요. 이벤트 당첨이 되셔서요. 몇 가지 인적사항만 확인을 하겠습니다. 성함이 어떻게 되시죠?"
"…."

"여보세요? 고객님? 성함이 어떻게 되시죠?"

"강영숙이요."

"강영숙이라는데?"

"강영숙!?"

영숙이었다. 7년 전 그날의 영숙이 눈이 모든 것을 설명하는 순간이었다. 영숙이가 7년 동안 갈아온 복수의 날에 나는 단박에 베어졌고, 그 후 나는 효린이와 화해를 하기까지 부대 안에서 고통의 나날을 보내야만 했다.

자업자득이었다.

그리고 지금 이 순간, 동일이에게 호되게 욕을 먹고 홀연히 사라진 영숙이에게 정말 미안하다는 말을 전하고 싶다. 그때 내가 정말 미안했어, 영숙아.

마이너리그

2016. 05.

1.

소개팅 상대 : 정민 씨한테는 뭔가 뚝심이 느껴져요.

정민 : 네?

소개팅 상대 : 뭐랄까. 주류에 편승하지 않으려는 노력이 보인달까요?

정민 : ….

소개팅 상대 : 킹왕짱이에요.

정민 : ….

소개팅 상대 : 우왕굳?

2.

동네바보형 : 야 정민아.

정민 : 네 동네바보형.

동네바보형 : 내가 어디 가서 네 팬이라고 하면 있잖아.

정민 : ?

동네바보형 : 나까지 마이너해지는 느낌을 지울 수가 없어.

정민 : 너 팬클럽 강퇴.

뭐 옛날부터 그랬다. 남들이 핑클 좋아하면 난 써클 좋아하고, 남들이 CD플레이어 들고 다닐 때 난 MD플레이어 들고 다니고 그랬다. 남들이 다 좋아하는 야구 선수보단 벤치의 선수를 더 좋아했고, 그 선수의 이름이 박힌 유니폼도 사고 그랬다. 그런데 그 선수 방출당해서 유니폼 중고나라에 내놓고, 그 와중에 안 팔리고,* 뭐 그랬다. 남들이 다 읽는 책은 읽지 않았고, 남들이 다 보는 영화도 보지 않았다. 대신 아무도 안 보는 영화를 골라 봤고, 그런 영화는 주로 야했다. 정말 야한 것도 있었다. 얼마나 야했냐면, 이건 다음 기회에 다루기로 한다.

* 그러니까 좀 잘하지. 안타깝다.

꽤 많은 사람들이 나더러 마이너하다고 말한다. 나더러 마이너리그에서 잘하고 있는 모습이 멋지다고도 말한다. 그리고 너는 메이저와는 어울리지 않는다고도 말한다. 심지어 혹자는 내게 나의 성향 때문에 메이저는 절대 될 수 없을 거라고도 말한다. 그 말인즉슨, '남들이 좋아하는 걸 너는 좋아할 수 없을 거야.'의 의미라기보다 '넌 메이저리거가 될 순 없을 거야.'의 의미일 테다. 무시무시한 말이다.

"주류에 편승하지 않으려는 게 아니고 못하는 겁니다."

이 말을 듣는 상대방은 꽤나 놀란 눈치였다. 내게 허점을 보이다니, 공격에 들어갈 차례다.

"그렇다면 당신은 메이저인가요?"

선불리 대답을 하지 못한다. 어차피 메이저는 소수다. 우리 대부분은 다수고, 마이너다. 핑클 좋아하면 주류고 써클 좋아하면 비주류가 아니라는 얘기다. 거의 모두가 마이너리거다. 원래 그렇다. 프로야구도 잘하는 선수 몇 명만 1군 무대를 밟는 거다.

자 그렇다면,

"당신의 꿈은 최고의 마이너리거인가요?"

개소리다. 마이너리거의 꿈은 걸출한 메이저리거지 최고의 마이너리거가 아니다. 수만 번의 배트질로 1군을 평정한 2군의 전설 장종훈은 아직도 많은 2군 선수들의 희망일지도 모른다. 그런데 말이다. 프로팀의 지명을 간신히 받아낸 2군 선수 아무개에게 감독이 와서 하는 말이,

"넌 정말 훌륭한 2군 선수구나. 계속 2군에 남아서 나와 함께 2군리그를 제패하자!"

라면, 그 아무개는 '대박! 날 이렇게나 알아주다니! 2군에서 짱 먹어야지!'라고 생각하지 않는다. '난 안 될 놈. 안되는 놈은 안됨.'이라고 생각할 가능성이 더 크다는 거다. 그리고 그 팀에선 더 이상 장종훈은 볼 수 없을 가능성이 크다.
마이너리거가 'Minor'라는 단어

의 사전적 의미인 '별로 중요하지 않은'으로 해석돼선 안 된다. 비단 야구뿐만 아니라 당신들이 속한 모든 사회에서도 마찬가지다. 그 사회의 다수인 마이너들이 허약하면 그 사회도 그만큼 허약해진다. 1군과 2군의 교집합이 넓을 때 그 팀은 강팀이 되는 거다. 1군의 부상 선수 대신 올라온 2군 선수의 실력이 좋으면 좋을수록 팀은 강해진다. 그리고 그 2군 선수는 뼈를 깎는 노력으로 1군에 붙어 있기 위해서 최선을 다할 테고, 에라 모르겠다, 기왕 이렇게 된 거 주전 선수까지 돼보고 싶을 것이고, 그러다 보면 타이틀도 얻고 싶을 것이고, 그러다가 메이저리그도 가보고 할지도 모르는 일이다. 아무도 관심 없던 선수에게 기회를 주는 팀과 그 기회를 잡은 선수, 그렇게 팀과 선수는 각자의 목표를 달성하려 애쓴다.
그게 좋은 팀이고 좋은 사회다.

근데 왜 갑자기 열폭해서 마이너 이야기를 하냐고? 소개팅에서 차이고 왜 우리한테 화풀이냐고? 죄송하다. 열폭일지도 모른다. 하지만 그 전에 알려주고 싶었다. 당신들이 중요하지 않아서 마이너가 아니라는 걸 말이다. 난 알고 있다. 당신들의 꿈은 '일 XX 잘해서 맨날 야근하고도 자부심 쩌는 대리'일 리 없다. 나는 알고 있다. 당신은 '가끔씩 직원들 야근 시켜놓고 가족들과 즐거운 시간 보내는 일 XX 잘하는 부장' 정도는 거뜬히 될 수 있을 것이고, 또 알고 있다. '어느 날 길 가는 노인의 짐을 들어드렸는데 알고 보니 회장님. 고속승진 고고.' 하는 일이 일어날 수도 있다는 걸 말이다.

그리고 또 한 가지. 나는. 알고 있다.

당신은

정말.

중요한

사람이다.

상

2016. 06.

학창 시절, 착하지 않은데 선행상을 받은 날 뭔가 느낌이 안 좋더니, 영어를 못하는데 영어 연극 대회에서 상을 받은 날 내 인생의 상복이 끝났다는 걸 알았다. 그 이후로 난 작은 움직임으로 큰 소리를 낼 수 있는 박수를 연습하는 데 박차를 가했고, 수준급의 박수머신이 되어, 2013년도의 어느 시상식에서 그 진가를 발휘할 수 있었다.*

지난 십여 년간은 주로 내가 내게 주는 상을 많이 받았는데, 예를 들면 '기존에 다니던 학교를 자퇴하고, (아빠가 뜯어말린) 다른 학교

* '대종상과 홍콩' 편 참고

에 입학한 기념으로 (아빠 카드로) 산 MP3'라든가 '첫 드라마를 무사히 마친 기념으로 (아빠 카드로) 산 노트북'이라든가 '아빠 생일 축하 선물로 (아빠가 절대 못 입는) (엄마 카드로) 산 힙합바지' 따위의 것들이었다. 아빠 카드 사랑해요. 아, 아니 아빠 사랑해요. 아, 그리고

엄마도.

어찌 됐건, 사람인지라 상 욕심이 나기 마련이고 연기해서 상 탈 일은 없을 것 같으니 지나가는 현상수배범이라도 잡아 '용감한 시민상'이라도 받아볼까 생각해본 적도 있다. 그 생각과 동시에 순간적으로 나의 얇디얇은 팔이 시야에 들어왔고, 용감한 시민상 이전에 '초상'이 먼저일지도 모르겠다는 생각이 들어 그마저도 포기한 지 오래다. 좌우지간 그런 식으로 '상'과 '나'는 큰 인연이 없었다는 거다.

그리고 며칠 전. 백상예술대상 남자신인상 후보로 초대를 받아 시상식장을 찾았다. '박수는 타이밍과 박자, 그리고 볼륨. 파이팅 정민아.' 하는 마음과 '끝나고 오랜만에 (아빠 카드로) 소고기 고고.' 정도의 마음뿐이었다. 나비넥타이를 매고 이준익 감독님 옆에 앉

아 있는 모습은 마치 재롱잔치에 아버지를 모시고 온 아들내미가 다음 재롱 타임을 기다리는 모습 같았다. '아주 기가 막힌 재롱을 떨어주겠어.' 하는 결연한 표정으로 시상식을 관전하고 있는데, 이상한 일이 일어났다. 내 이름이 들렸다. 나에게 상을 준다고 하는 것 같았다. 다들 나를 쳐다보고 있었고, 나는 일어나서 무대로 걸어갔다. 걸어 나가는 그 길에 얼마나 많은 생각이 들었는지 모른다.*

'남자신인연기상이라니.'
'난 신인도 아니고 연기도 뭐 그닥. 그냥 남자다워 보여서 준 건가.'
'아니면 저기 앞에 보이는 천우희의 계략인가. 덫을 놓은 건가.'
'뭣이 중헌지도 모름서, 이 씨… 아 이건 아니지.'

'그래, 사실 이 상이 정말 받고 싶었어.'

기분이 좋았다. 참 많이 좋았던 것 같다. 그리고 무엇보다 그 자리에, 그리고 TV 앞에, 오랜 시간 가슴 졸이며 응원해준 사람들이 지켜보고 있었을 테고, 그들에게 이 상이 조금이나마 그 시간에 대한

* 실제로 무대 가는 길이 길었다. 당시 방송을 보면 자신 없게 뛰어가는 본인을 볼 수 있다.

위안이 되어줄 수도 있지 않을까 하는 생각에 감사하기도 했다. 마이크 앞에서 수상소감을 하던 그 3분이 어떻게 지나갔는지 전혀 기억이 나지 않는다.(이상한 수상소감 미안해. 긴장이 너무 돼서 샤샤샤.) 기억이 나는 단 한 가지는 수많은 사람들의 시선과 박수 소리가 아직까지 큰 떨림으로 남아 있다는 거다.
고마웠다. 정말 고마웠다.

가끔씩 이건 내가 잘할 수 있는 일이 아닌데 그저 좋아한다는 이유 하나로 집착하고 있는 건 아닐까 하는 순간이 찾아온다. 이 상이 그 순간을 조금은 뒤로 미룰 수 있을 것도 같다.('프로일희일비러'인 관계로 칭찬이나 상 받으면 되게 좋아한다.) 누구보다 마음 졸이며 지켜보신 부모님께서 좋아하시는 모습을 보니 좀 더 열심히 해보자는 마음도 든다. 동생의 말을 빌리면, 엄마는 내가 상을 받는 순간 눈물을 많이 흘렸다고 했다. 근데 너무 눈물을 많이 흘려서 콧물도 나오고 막 그래서 옆에 있던 송중기 형 팬인 중국인이 보다 못한 나머지 휴지를 줬다고 했다. 엄마는 고마운 나머지 그 사람과 친구 먹고 셀카까지 찍었다고 했다.

#백상 #아들최고 #송중기팬이준휴지 #소통 #교감 #셀피 #맞팔환영 #니하오마

어쨌든 그 순간은 지나갔다. 또 다른 해야 할 일이 있고, 잘 해내고 싶은 마음이다. 뜨겁게 만나고 오래 헤어진 '송몽규'라는 멋진 인물은 가슴속에 간직하고 또 하나의 인물을 깎아내려가야 하니, 사실 많이 벅차기도 하다. 그렇지만 역할로서가 아닌 박정민으로서 섰던 그 3분의 무대가 더없이 모자란 내게 더할 나위 없는 용기가 되어줄 것도 같다. 그 순간을 느낄 수 있게 해준 당신들에게 정말 감사드린다. 진심으로. 감사드린다.

모르는 세상

2016. 07.

모르는 세상이 많다. 이 글을 읽는 당신들의 세상을 나는 잘 알지 못한다. 정작 가장 가까운 사이인 소화기를 만드는 내 친구 곽과 소화기를 파는 남궁과의 대화조차도 나는 이해하지 못한다. “아, 회사 때려치고 싶다.” 하는 그들의 넋두리도 사실 잘 이해하지 못한다. 그것이 세상 보통의 넋두리라는 것을 이해한 다른 세상의 사람이 《미생》이라는 만화를 그려 보통의 세상 사람들에게 공감을 이끌어냈고, 드라마로 재편집되어 인기를 끌었고, 나는 거기 출연을 못 했다. 내 인생 두 번째로 큰 실수다. 첫 번째는 초등학교 때 아이돌 기획사 오디션 안 본 거. 세 번째는 지금 이 두 가지의 개소리를 한 거. 좌우지간,

모르는 세상이 참 많다. 백발의 할아버지들이 카페 테라스에서 커피를 드시고 계신다. 그때 또 다른 백발의 할아버지가 그 앞을 지나간다. 무리 중 한 분이 그분에게 "야! 너 죽었다고 들었는데 아직 안 죽었네!?" 소리치신다. '이 정도면 백 프로 현피!' 하는 생각과 함께 지나가는 할아버지에게로 조심스레 시선을 옮겼다. 하지만 그저 "누가 그래. 허허." 하시며 가던 길을 가신다. 5분 전에 바로 앞에서 일어난 어르신들의 이 짧은 대화도 나는 도저히 모르겠는 세상이다.

하는 일이 이렇다 보니, 그런 세상과 맞닥뜨려 그 세상의 말과 행동들을 해야 할 때가 많다. 이해를 해야 하고, 흉내를 내야 한다. 그러다 보면 문득 그 사람들에게 경외심을 느낄 때도 있다. 참 많이 모르고 살았다는 것에 부끄러움을 느끼기도 한다. 내가 카메라 앞에서 흉내 내고 있는 것은 그들의 실제에 비했을 때, 코딱지에 코가 있다면 그 코에 붙은 코딱지 수준이다. 모두들 참 열심히 살더라는 것이다. 군말 좀 하면 어떤가. 꿋꿋하게 계속 해나가는 그들이 전부 제 역할을 하고 있는데 말이다. 또 제 역할을 못하면 좀 어떤가. 그들에게는 그렇게 힘들고 버티고 이겨낼 권리가 있는데 말이다. 개똥도 똥파리의 식량이고, 암세포도 생명이 있는… 인생의 네 번째 실수를 저질렀… 1글 4실수. 실수류 갑.

모르는 것에 대한 태도가 중요한 시대다. 모르는 게 약이라는 말은 뭘 모르고 하는 소리가 됐다. 아니 땐 굴뚝에 연기가 나기도 하고, 땐 굴뚝에 연기가 아니 나기도 하고, 그 연기들이 어디까지 피워나갈지 알 수 없는 시대다.(갑자기 막 속담 쓴다. 빈 수레가 요란하다.)

복싱 선수는 경기에 올라가기 위해 몇 달 동안 수십만 번의 펀치질로 담금질을 한다. 손과 발이 터져가면서 샌드백을 친다. 그렇게 기어코 링 위에 서게 되고, 그는 30여 분 남짓한 시간 동안 피를 흘리며 상대방과 주먹을 나눈다. 우리는 그가 복싱을 왜 하는지, 그래서 뭘 얻는지, 뭘 얻기는 하는지 알지 못한다. 그들은 그저 자기 꿈을 위해서 자기 자리를 지켜나가고 있다. 난 그 사람들이 육체적으로 얼마나 힘든지 알지만(사실 그조차도 상상이 안 된다.) 그들의 마음까지는 모른다. 그저 응원해줄 뿐이다. 그들의 꿈과 선택에 있어 왈가왈부할 권리 같은 건 나에게 없다. 과거에 어떤 영화를 준비하면서 그들을 만났을 때, 나는 절대 그들에게 왜 이런 걸 하느냐고 따지지 않기로 했다.

모르는 세상이 참 많다. 아버지가 회사에서 다른 직원들과 무슨 대화를 나누시는지, 내 친구가 소화기를 만들면서 무슨 말을 쓰는지, 그리고 이 글을 읽는 여러분들이 각자의 세상에서 무슨 말을 하는

지 평생 알 수 없을 수도 있을 테다. 그저 응원해줄 뿐이다. 잘 모르니까, 당신들이 어떤 실수를 하는지도 나는 잘 모를 것이다. 모르니까, 닥치고 응원하겠다.

훗날 본인이 빼어난 미남인데 육감까지 좋아서 세상의 비리를 알게 되고, 그 와중에 세계적인 여배우를 만나 사랑에 빠지지만, 사건을 해결하기 위해 여자를 포기하고, 숨 막히는 총격전을 벌이며 사건을 해결한 뒤 그녀에게 돌아가 "내가 조금 늦었지?" 하는 역할을 맡게 되면, 그 세상을 잘 아는 사람은 본인에게 이메일 좀 보내주길 부탁한다.

4번타자 왕종훈

학창 시절, 다니던 학원 건너편에는 '영화마을'이라는 대형 비디오 대여점이 있었다. 대부분의 비디오 대여점이 그렇듯 '영화마을'은 영화뿐만 아니라 만화책도 대여해주곤 했다. 열서너 살 남짓한 아이들은 그곳에 앉아 돈을 내지 않고 만화책을 뽑아 봤고, 자기 돈이 나가지 않는 알바생은 그 아이들에게 그 어떤 꾸중도 하지 않았다. 아이들은 그 형을 방정환이라고 부르곤 했다.

그 형을 방정환이라 부르던 아이들 중엔 물론 나도 포함되어 있었고, 나는 주로 남들이 잘 보지 않는 만화책을 가장 구석에서 뽑아 보곤 했다. 《힙합》, 《상남 2인조》, 《짱》과 같은 인기 좋은 만화책은

중간중간 권수가 비어 한참 기다렸다가 봐야 해서 감정이 끊긴다는 이유였다. 그러다가 발견한 만화책이,

《4번타자 왕종훈》.

일본 만화였고, 원작에서의 이름이 왕종훈일 리 없던, 내 예상으론 그 당시 가장 핫했던 한국의 야구 선수 장종훈의 이름을 빌린 것으로 추정되는 제목이었다. 주인공 왕종훈이 우연치 않게 야구를 시작해 나중엔 최고의 야구 선수가 된다는 이야기를 무려 52권에 걸쳐 풀어내는 만화였고, 52권에 달하는 그 내용이 지금은 거의 생각나지 않는다. 그저 3일 동안 영화마을에 살면서 그 만화책을 완독했다는 사실과 그 만화를 보고 난 후 내 야구 실력이 좀 더 늘었다는 사실 정도만 기억을 한다.

정말이다.

몇 년 전, 어느 요리 오디션 프로그램에 만화로 요리를 배웠다는 한 남자가 나왔다. 그 말을 들은 심사위원들은 '뭐지 이 새끼?' 하는 표정으로 그를 쳐다봤다. 그리고 그의 요리를 입에 넣은 후에는 정반대 의미의 '뭐지 이 새끼?' 하는 표정으로 그를 쳐다보던 기억이

난다. 그 시즌에 만화로 요리를 배운 그 남자는 무려 우승을 하기에 이르고, 많은 사람들에게 어떠한 형태의 용기와 희망을 주었던 것으로도 기억을 한다. 그리고 그 사람처럼 나도 만화로 야구를 배웠다는 이야기다. 체중을 실어 공을 던진다든지, 허리의 움직임이 중요하다든지 하는 것들이 그림으로 자세히 나와 있으니 이보다 더 좋은 교보재가 또 있을까 싶기도 하다.

그럼에도 불구하고,

루피 : 안녕 난 해적왕 루피야. 나의 동료가 돼줘.
나미 : 그럼 근의 공식을 외워 봐.
루피 : 엑스는 이에이분의 마이나스 비 뿌라스마이나스 루트 비제곱 마이나스 사에이씨!
나미 : 좋아! 우리 같이 바다로 나가자! 해적왕이 되는 거야!

이런 식의 만화라도 역시나 부모들은 아이들에게 그놈의 만화책 좀 그만 보라고 말씀하시곤 했다. 만화를 보고 요리를 배웠다는 남자를 쳐다보던 그 심사위원들처럼 만화를 보고 무언가를 배운다는 게 그들에겐 어불성설이었다는 거다. 《슬램덩크》를 보고 배운 더블 클러치를 엄마 앞에서 뽐낸다 한들 만화책은 엄마에게 '금서'와 같은 것이었고, 집에서 《데스노트》를 보다가 걸리는 순간 나는 엄마의 데스노트로 들어가게 되는 것이었다. 나도 엄마 나이가 되면 엄마가 만화책 못 보게 해야겠다고 생각한 적이 한두 번이 아니었다. 어쨌든 그렇게 몰래몰래 참 많은 만화책을 보며 웃고 울고 배웠던 것 같다.

어른이 되어보니(사실 아직 어른이 아닌 것도 같지만) 두 발 딛고 사는 이 세상이 가끔은 고되다. 현실이 현재고 현재가 현실이고, 이놈의 세상은 참 각박한 세계관 속에 있는 것도 같다. 만화 속 세상은 꿈이 있고 희망이 있고 정의가 있던데, 조금 더 그 속에 파묻혀 살아보면 어땠을까 싶기도 하다. 내겐 동경이었던 그들이 사실은 종이 속에 스며든 잉크일 뿐이라 할지라도, 그들은 내게 이 세상은 생각보다 재미있는 곳이라고 알려줬을 거다. 너보다 형편없는 나도 이렇게 배트를 들고 서 있는데,

너는 그곳에서 분명 4번타자가 될 수 있을 거라고 얘기해줬을 거다.

Untitled

2016. 08.

군 전역 후 얼마 되지 않았을 때다. 집에서 〈무한도전〉을 보고 있는데 아버지가 어디를 좀 같이 가자시는 거다. 내가 세상에서 제일 싫어하는 게 〈무한도전〉 보는데 방해하는 거지만, 왠지 모르게 그날은 따라가야만 할 것 같다는 느낌이 강했다.

"아빠 친구의 어머니가 우리 옆 동에 사는데 연락이 안 된다고 좀 가 봐달라고 하더라."

아버지가 말씀하셨다. 뭔가 굉장히 복잡한 문장이었다. 아빠 친구는 누구고, 그 친구의 어머니는 누구고, 그 사람이 우리 옆 동에 살았다니 금시초문이고, 연락이 안 된다는 건 어떤 식으로 연락이 안 된다는 건지 알 수 없었다. 그저 뭔가 이상한 느낌만 갖고 쫓아갔던 것 같다. 그리고 뭔가 문제가 생겼을 때, 면제인 아버지보다는 얼마 전에 전역한 예비역 병장이 조금 더 쓸모 있을 것 같다는 생각도 드셨던 것 같다.

'딩동.'
'딩동, 딩동, 딩동.'

아무도 없었다. 발로 문을 쾅쾅 걷어차 보기도 했지만, 역시나 안쪽에서는 어떤 대꾸도 없었다. 할머니가 그냥 어디 놀러 가신 거 아니냐고 물었지만, 아버지는 쉽사리 대답을 내놓지 않으셨다. 그리고 친구분에게 전화를 걸었고, 열쇠공을 불러도 된다는 허락을 받으시는 것 같았다. 그리고 얼마 있지 않아 열쇠공이 왔다.

"집 주인이세요?"
"아니요?"
"그럼요?"
"집 주인의 딸의 친구의 아들인데요?"
"네?"

“그리고 이 분이 집 주인의 딸의 친구입니다.”

열쇠공은 알 수 없다는 표정을 지었고, 아버지 친구분과 통화를 하신 뒤 문을 열어주기에 이르렀다.

‘끼익.’

문이 살짝 열렸다. 불은 켜져 있었지만, 어둑어둑했다. 형광등을 갈 때가 되었나 싶었다. 옛날 우리 할머니 방 냄새 같은 것이 나기도 했다. 문을 살짝 열어도 인기척이 없는 것을 보니, 집 안에 사람이 없는 것도 같았다. 혹여나 만약 그랬을 때는 열쇠공에게 면목이 없겠다, 라는 생각도 했던 것 같다. 곧이어 문이 활짝 열리고 정면으로 불이 켜진 화장실이 보였다.

…

아버지와 나, 그리고 열쇠공은 몇 초간 말이 없었다. 화장실에 엎드린 채 움직이지 않는 노인을 보고 쉽게 입을 뗄 수 있는 사람이 몇이나 될까. 열쇠공은 문득 아버지가 지갑에서 빼 드신 현금 몇 장을 받아 넣었다. 그리고 엘리베이터를 타지도 않고 계단으로 냉큼 걸어 내려갔다. 아버지를 쳐다봤다. 생각을 하고 계시는 듯했다. 그리고 난 그 순간이 어쩌면 그리 많은 생각이 필요한 상황이 아닐 수도 있겠다는 판단을 했고,

집 안으로 들어갔다.

신발도 벗지 않은 채, 화장실을 향해 저벅저벅 걸어갔다.(남의 집에 들어가면서 신발도 벗지 않았던 걸 보면 뭔가 이상한 느낌을 본능적으로 받았던 모양이다.) 열 걸음 남짓 되는 거리였다. 이변이 없다면 이 분이 아빠 친구의 어머니일 테고, 머리 옆 배수구에는 피가 흘러 들어가고 있었다.

"피를 흘리고 계시는데. 119에 신고해야 될 거 같은데?"

현관 앞의 아버지는 신고를 하시고 나는 그 자리에 서서 할머니의 발로 시선을 옮겼다. 손을 갖다 대니 차가웠다. 모르긴 몰라도 뭔가 많이 잘못됐다는 생각이 들었다. 이번엔 옷을 젖혀 등을 만져보았다. 따뜻했다. 옷에 싸여 있어서였을까. 아니면 아직은 큰일이 일어난 건 아니라는 걸까. 수많은 생각들이 머릿속을 관통했는데, 사실은 생과 사, 그 두 단어 사이에서 갈팡질팡했던 것 같다.

"돌아가셨습니다."

경찰관과 구급대원이 할머니를 살핀 뒤 말했다.

"화장실에서 쓰러지시면서 머리를 바닥에 부딪치신 모양입니다."

널브러진 성인용 보행기와 미끄러운 타일 바닥, 그리고 배수구로 흘러가던 핏줄기. 정황상 경찰관의 말은 믿을 만한 것이었고, 난 그 자리에서 한동안 아무것도 할 수 없었다. 살면서 처음 만난 분의 상태가 죽음이라는 것이 여간 충격이 아니었던 모양이다. 그리고 순식간에 찾아온 삶의 끝에서 할머니가 그리워했던 사람이 적어도 나는 아니었을 텐데, 그분의 끝을 처음 마주한 게 나라는 것이 송구스럽고 죄송스럽기도 했다.

밤이 되었고, 아버지와 나는 장례식을 찾았다. 왜 그랬는지 모르겠지만 나는 장례식장 안으로 들어가지 못했다. 그래서일까. 난 지금도 할머니 얼굴을 모른다. 본 것이라곤 곱슬하게 파마가 된 할머니의 뒤통수가 전부였고, 영정사진도 보지 못했으니 당연한 노릇이다. 마침 아버지의 친구분이 병원 밖으로 나오셨고, 내 손을 잡고 울었다. 고맙다며 울었다. 연신 "아닙니다."를 연발했다. 정말이었다. 내게 고마울 것이 없었다. 난 심지어 할머니 얼굴도 모르는데, 도리어 내가 죄송하다고 해야 할 것 같았다.

처음 가보는 곳에서 휘몰아친 몇 분의 폭풍. 누군가에게는 비극이고 누군가에게는 마지막이고 누군가에게는 갑작스러운 충격이었던 그 짧은 순간. 스물둘의 나는 그 모든 것을 받아들이기에 많이 어렸던 것 같다. 그다지 슬프지도 않았고, 오히려 살면서 쉽게 겪어볼 수 없을 것 같던 그 순간에 흥분했던 것도 사실이다. 지금에 와서야 그 순간이 엄청난 비극이었다는 것을 알게 됐으니, 난 정말로 그때 아버지의 친구에게 죄송하다고 고개를 숙였어야 할지도 모른다. 그 친구분은 8년이 지난 지금까지도 나를 자신의 아들이라 부른다고 한다. 무엇이 그렇게 고마우셨을까. 알 수 없지만, 그때의 나는 그 일련의 사건들을 온몸으로 튕겨내고 있었다고, 이제 와서 당신의 슬픔에 조금이나마 공감한다고, 정말 죄송했다고 말씀드리고 싶다.

참을 수 없는 존재의 무거움

테이블과 의자 두 개.

남자 혼자 앉아 있고, 반대편에는 아무도 없다.

테이블 위의 커피 두 잔. 남자는 살짝 취기가 오른 것처럼 혼잣말을 중얼댄다.

남자　보고 싶었어.

정말 보고 싶었어.

날씨 좋다.

…

비 오는 날씨 좋아했었잖아. 괜히 우울해지네.

(헛웃음 정도) ….

말이 없는 남자. 반대편 잔에 시럽과 프림을 탄다.

남자　시럽 반 스푼, 프림 한 스푼.
쓴 거 싫어했었잖아.
(헛웃음 정도) ….
무슨 말 좀 해봐.
맞다. 내가 불렀지.

카페에 Des'ree의 'You gotta be'가 흘러나온다.
눈물짓는 남자. 애써 머금는다.

남자　데즈레. 유가다비. 들려?
좋지, 이 음악.

음악 끊긴다.

남자　웨이터! 방금 나온 음악. 계속 좀 틀어줄래요?
웨이터　예?

남자　유가다비.

웨이터　유가다비?

남자　그래요.

웨이터　한국 노래인가요?

남자　미국 노래예요.

아, 영국 노래예요.

그리고 내 벨소리예요.

웨이터　네? 알겠습니다.

웨이터 나가고, 유가다비가 또 흘러나온다.

남자　사는 게 힘들다. 점점 지쳐.

나도 너 따라갈까? 따라가면 좀 편해질 수 있을까?

어디든! 너 있는 곳이면, 어디든 갈 수 있는데.

주연아. 왜 이렇게 인생이 내 뜻대로 안 되냐.

나 좀 데려가, 주연아.

사업이 잘 안 됐어. 애들 엄마랑 애들은 친정 내려가 있고.

사실 나 커피값 낼 돈도 없어.

2억이면 급한 불은 끈다는데. 내가 그 돈이 어딨냐.

그렇다고 사채를 끌어다 쓰는 건 아닌 것 같고.

당장 2억 여기 있소, 하면서 빌려줄 사람도 없고.
내가 너한테 지금 무슨 소릴 하고 있는 거냐. (눈물을 닦는다.)
울긴. 안 울어.
비염 때문에.
너도 비염 있었나?
넌 잘 모르겠다.
…
주연아.
가야 되니 꼭?
(농담처럼) 커피값 좀 내고 가줄래? (헛웃음 정도)
2만 4천 원.
다음부터 안 그럴게.
다음에도 와줄 거지?

웨이터, 계산서 들고 들어온다.

남자 주연아!
얼굴 좀 보여줘! (눈물을 흘린다.)
커피값 좀 내주라!

거기서 뭐 해. 응? 이리 와서 만 원만 내주라. 여기 와서 직접 만 원짜리 하나만 내줘. 마지막으로 가까이서 한 번만 보자.

주연아.

(울며) 가지 마.

웨이터 ….

남자 (울며) 가지 마….

웨이터 계산 좀.

남자 (울면서 카드를 꺼낸다.) 주연아….

웨이터 이건 주민등록증인데요.

남자 (오열한다.) 주연아. 가지 마, 주연아!

참을 수 없는 존재의 가벼움

테이블과 의자 두 개.

남자 앉아 있고, 반대편에는 여자가 앉아 있다.

테이블 위의 커피 두 잔. 남자는 살짝 취기가 오른 것처럼 혼잣말을 중얼댄다.

남자　보고 싶었어.

여자　….

남자　정말 보고 싶었어.

여자　….

남자　날씨 좋다.

여자　….

남자　….

여자　비 오는데.

남자　비 오는 날씨 좋아했었잖아. 괜히 우울해지네.

여자　너한테 그런 말한 적 없어.

남자　(헛웃음 정도) ….

말이 없는 남자. 반대편의 커피 잔에 시럽과 프림을 탄다.

남자　시럽 반 스푼, 프림 한 스푼.

여자　뭐 하는 거야?

남자　쓴 거 싫어했었잖아.

여자　다방 커피냐? 너나 먹어. 뭐야 진짜.

남자　(헛웃음 정도) ….

여자　(영화 찍냐? 정도의 표정) ….

남자　무슨 말 좀 해봐.

여자　지가 불러놓고 무슨 말을 하래.

남자　맞다. 내가 불렀지.

카페에 Des'ree의 'You gotta be'가 흘러나온다.

눈물짓는 남자. 애써 머금는다.

남자　데즈레. 유가다비. 들려?

여자　응. (가방을 뒤적인다.)

남자　좋지, 이 음악.

여자가 전화를 받자, 음악이 끊긴다.

남자　웨이터! 방금 나온 음악. 계속 좀 틀어줄래요?

웨이터　예?

여자　(전화에 대고) 내가 이따 전화할게.

남자　유가다비.

웨이터　유가다비?

남자　그래요.

웨이터　한국 노래인가요?

남자　미국 노래예요.

여자　영국 노래야.

남자　아, 영국 노래예요.

여자　그리고 내 벨소리야.

남자　그리고 내 벨소리예요.

웨이터 네? 알겠습니다.

웨이터 나가고, 유가다비가 또 흘러나온다.

남자 사는 게 힘들다. 점점 지쳐.

여자 왜 그러는데.

남자 나도 너 따라갈까? 따라가면 좀 편해질 수 있을까?

여자 어딜 따라와… 영국!?

남자 미국 아니었어!?

여자 영국!

남자 아! 어디든! 너 있는 곳이면, 어디든 갈 수 있는데.

여자 지훈 씨, 우리 헤어졌어. 그만 좀 해.

남자 주연아. 왜 이렇게 인생이 내 뜻대로 안 되냐.

여자 인생이 그런 거 아니야? 힘 좀 내고 살자.

남자 나 좀 데려가, 주연아.

여자 이러는 거 소영이한테 안 미안해? 애들 보기 부끄럽지도 않아?

남자 사업이 잘 안 됐어. 애들 엄마랑 애들은 친정 내려가 있고.

여자 미안해.

남자 사실 나 커피값 낼 돈도 없어.

여자 뭐?

남자 2억이면 급한 불은 끈다는데. 내가 그 돈이 어딨냐.

여자 야.

남자 그렇다고 사채를 끌어다 쓰는 건 아닌 것 같고.

여자 야!

남자 당장 2억 여기 있소, 하면서 빌려줄 사람도 없고.

여자 야! 나 돈 없어.

남자 내가 너한테 지금 무슨 소릴 하고 있는 거냐. (눈물을 닦는다.)

여자 우냐?

남자 울긴. 안 울어.

여자 우는데?

남자 비염 때문에.

여자 비염 때문에 눈물이 난다고?

남자 너도 비염 있었나?

여자 없어.

남자 넌 잘 모르겠다.

여자 이제 그만 가볼게.

남자 ….

여자 간다고.

남자 ….

여자　(일어난다.)

남자　주연아.

여자　왜.

남자　가야 되니 꼭?

여자　어.

남자　커피값 좀 내고 가줄래?

여자　참 나. 얼만데.

남자　2만 4천 원.

여자　야! 넌 돈도 없는 게 왜 커피는 비싼 거 먹냐? 그냥 이디야 가, 이디야.

남자　다음부터 안 그럴게.

여자　참 나.

남자　다음에도 와 줄 거지?

여자　안 와. 절대 안 와.

웨이터, 계산서 들고 들어온다.

남자　주연아!

여자　깜짝이야! 왜 새끼야!

남자　얼굴 좀 보여줘!

여자　보고 있잖아!

남자　커피값 좀 내주라!

여자　싫어! 나도 돈 없어!

남자　거기서 뭐 해. 응? 이리 와서 만 원만 내주라. 여기 와서 직접 만 원짜리 하나만 내줘. 마지막으로 가까이서 한 번만 보자.

주연아.

여자　이 등신 같은 새끼가 진짜.

남자　(주연을 본다.)

여자　(그냥 간다.)

남자　(울며) 가지 마.

웨이터　….

남자　(울며) 가지 마….

웨이터　계산 좀.

남자　(울면서 카드를 꺼낸다.) 주연아….

웨이터　이건 주민등록증인데요.

남자　(카드 바꿔 주면서 운다.) 주연아. 가지 마, 주연아!

때론 존재하지 않는 것이 아름답기도 하다.

이름

2016. 09.

1.

이름이 별로 마음에 들지 않는다. 바를 정(正)에 백성 민(民)을 써서 '바른 백성'이라는 뜻의 약간 못 노는 애 느낌 나는 내 이름이 싫다. 박 뒤에 정이 들어가니 발음이 '쩡'이 되는 것도 별로다. 심지어 흔한 성에 흔한 이름이라서 동명이인이 많아 뭔가 개성까지 없어 보인다. SNS에 '박정민'을 쳐서는 절대로 내 계정을 찾아낼 수 없다. 그 정도로 동명이인이 많다. 활동명을 부모님 이름으로 바꿔볼까도 생각한 적도 있다. 하지만 아빠 이름 '박병관'은 너무 공무원 느낌이 강하고 엄마 이름 '정재영'은 이미 정재영 선배님과 동명인 관계로 결국 그 생각 또한 접은 지 오래다. 그래도 부모님이 지어주신 건데 내 이름으로 활동하는 게 의미가 있겠거니 했다. 그런데 알고 보니 큰엄마의 아버지가 지어주신 이름이라는 건 함정이다. 심지어 살면서 한 번도 뵙지 못한 분이다.

2.

이름은 한 사람의 처음이자 관계의 물꼬인 셈이고, "안녕하세요. 박정민이라고 합니다."로 시작되는 것이 보통의 처음이라고 볼 수 있겠다.

"안녕하세요. 저는 비 형입니다." 혹은, "처음 뵙겠습니다. 저는 하루에 이를 두 번 닦습니다."라고 하지는 않는다는 거다.(그만큼 그 사람의 이미지를 좌우하고 기억되는 것이 이름인데 못 노는 애 느낌이라니, 나는 틀렸다.) 그렇게 서로에게 이름을 묻고, 알게 되고, 그 순간 몇 글자의 이름은 첫 이미지가 된다. 그리고 또 그렇게 관계를 시작한다.

'떠나보내는 것이 힘들어 다시 너의 이름을 묻고 싶다.'

영화 〈캐롤〉을 보고나서 집에 와 멍하니 수첩에 문장 하나를 적었다. 영화에는 두 여인이 카페에 앉아 서로의 이름을 알면서도 조심스레 재차 묻는 장면이 나온다. 이미 알고 있는 이름을 조심스럽게 물어보는 행위 하나로 영화는 두 사람의 본격적인 시작을 슬쩍 이야기한다. 그들은 그렇게 서로를 캐롤과 테렌스로 기억하고, 그렇게 사랑하고, 그렇게 헤어지고, 또다시 재회한다. 재회하는 그 순간, 서로가 다시 이름을 물었더라면 그들은 다시 시작할 수도 있지 않았을까 하는 애처로운 마음에 저 문장을 적었는지도 모르겠다.

살면서 스쳐 보낸 수많은 인연들. 그 인연들의 이름을 연습장에 빼곡히 적어보다가 이내 포기해버렸다. 참 많은 이름과 만나고 헤어진 모양이었다. 같은 반 친구, 학원 친구, 버디버디 분당팸 '(주)쥰乃이뽀데정' 친구들 이름만 외워도 사는 데 아무 지장이 없던 학창시절에 반해, 전 여친과 전 여친의 친구와 전 여친의 친구의 남친과 그 남친의 군대 후임이자 내 군대 선임이었던 그 새끼까지. 현재의 내 삶에는 어지간히 많은 이름들이 더덕더덕 붙어 있었다. 문득 하나하나 기억하고 싶지만 어쩔 수 없이 잊어버린 그 이름들에 미안해졌다. 또한 어쩔 수 없이 날 잊어버린 그들에게도 미안해졌다. 잊지 않게 할 수도 있었을 텐데, 잊게 만들어 미안하다.

유치원 때 내게 눈 까뒤집기를 알려줬던 승호. 승호는 날 기억 못하겠지만, 나는 승호 덕분에 아직도 눈을 잘 까뒤집는다. 어느 순간 그 승호가 생각나 화장실에서 세수를 하다가 눈물을 흘린 적도 있었다. 아마 그 녀석은 날 기억하지 못할 것이다. 난 그에게 해준 것이 없었으니까. 승호의 노트에는 내 이름이 없을 것이라는 사실에 조금 슬퍼졌다. 그래도 언젠가 승호를 만나게 되면 "승호야 오랜만이다."라고 그 친구의 이름을 불러주고 싶다.

1-1.

이름에 대한 콤플렉스도 그런 차원에서 생겼던 것 같다. 누군가가 이름을 불러주길 바라는데, 특이하지도 않고 발음하기도 어려운 내 이름이 마음에 들지 않았다. 하지만 그렇게 30년을 지냈고 앞으로 몇십 년을 더 같이 지내야 하는 이름이다. 정도 많이 들었고, 또 갑자기 이름을 '박격포'로 바꾼다고 한들, 이제 와선 헷갈리기만 할 뿐이다. 아. '박격포'는 실제로 30년 전 '박정민'과 각축을 벌였던 이름이다. 참 다행이다. 전혀 다른 인생을 살았을지도 모를 일이었다. '박격포'였으면 공무원 느낌이고 뭐고 그냥 아버지 성함인 '박병관'으로 활동해야 했을 거다.

"고품격 음악방송 라디오 스타, 오늘의 게스트는 박격포 씨입니다. 어서 오세요."

"안녕하세요. 박격폽니다."

"아이, 이름이 그게 무어~야. 아이 격포가 뭐냐고 격포가."

"구라도 이상함."

생각만 해도 아찔하다.

3.

사람들이 한 사람을 이르는 것이라 하여 '이름'이란다. 참 많은 이름이 있다. 가급적 많이 부르려 한다. 나에게로 와서 꽃이 되지 않아도 좋다. 서로 기분만 좋으면 그만이다. 서로 이름을 안다는 것이 어찌 보면 참 큰 의미라는 생각이 드는 요즘이다. 생각지도 못한 사람이 내게 와서 "정민아."라고 했을 때, 그 감동은 이루 말할 수 없다.

그러니까, 부르면 닳는 것도 아니고 많이 부르면서 살자는 말이다.

4.

"저는 박정민입니다. 이름이 뭐예요?"

무대

2016. 12.

학창 시절, 축제 기간만 되면 운동장에는 단이 세워졌다. 그리고 소위 잘나간다는 친구들은 그 위에서 각자가 준비한 노래에 맞춰 멋들어지게 춤을 추곤 했다. 1반 애들이 준비한 '와일드 아이즈'가 끝나면 3반 애들이 준비한 와일드 아이즈가 나오고, 그 와일드 아이즈가 끝나면 7반의 덕수가 김경호의 '금지된 사랑'을 야탑동이 떠나가라 부른 뒤 다시 4반 애들이 준비한 와일드 아이즈가 나오는 식이었다.

나는 그들을 보며 저 정도면 소품 의자를 굳이 치우지 않아도 되는 거 아닌가 하고 생각했던 것 같다. 그리고 가사대로 와일드 아이즈의 무한 반복을 보느니 '내면 속의 나를 찾을 수 있게 나를 쳐다보'는 게 낫겠다는 생각을 했던 것도 같다. 그러면서 왜 최우수상은 결국 덕수가 타는 건지에 대한 의아함을 가졌고, 이어서 나는 평생 저런 무대에는 올라가지 못할 것이라 단념하곤 했다.

그 사실이 썩 비참하지도 않았다. 누군가가 올려다보는 저 단 위에 올라갈 일은 당연히 없는 사람이었다. 그들이 그토록 멋지게 의자에 앉아 폼을 잡고 있을 때, 학교 앞 문방구에서 '피카츄 돈까스'나 사먹는 게 더 편한 인간이었다. 그리고 무대에서 내려온 친구에게,

"오늘 너의 신혜성 역할 아주 멋있었어."
"나 김동완이었어, 새꺄."
"오 나의 미스테이크."

식의 격려만 해주면 되는 것이었다.

그러다 배우라는 사람들을 우연히 만나고, 그들 덕분에 꿈이 생기고, 그 선배들이 무대에 서 있는 모습에 반하고, 결국 그 무대에 홀연히 서서 관객들과 하나의 연극을 만드는 게 현재의 나다. 놀라운 일이다. 그때 김동완 역할이었던 친구가 알면 이마를 탁 치며 코웃

음을 칠 노릇이다.

첫 무대는 꿈을 안겨준 선배들의 워크숍 작품이었다. 〈조선인〉이라는 작품에서 극단의 막내들의 역할은 무대 뒤에서 실루엣으로 등장해 “민비가 사라졌다!” 하는 대사를 외치고 들어가는 것이었다. 선배들은 우리에게 ‘반 데뷔’라는 표현으로 기를 살려주었고, 나는 아직도 그때의 떨림을 잊을 수가 없다.
‘민.비.가.사.라.졌.다.’
일곱 글자가 나의 첫 대사였던 셈이다. 목청이 터져라 소리를 지르고 퇴장하는 그 순간이 뭐가 그렇게 뿌듯했는지, 몇 년 후 같은 학교의 연기과로 학적을 옮기기까지 했다.

또 그렇게 몇 년. 많은 작품은 아니지만 서로 다른 무대 위에서 서너 개의 연극을 만들어갔다. 관객들과 호흡하면서 흘러가는 두 시간은 마치 마약 같았다. 내려오고 나면 또 올라가고 싶은 것이 내게는 ‘무대’였다. 과민성대장증후군 때문에 늘 설사약을 먹고 올라갔어도, 무대에서 물을 과하게 마셔 오줌을 쌀 뻔했어도, 머릿속이 하얘져 대사가 생각이 안 나는 순간 얼굴이 하얘진 연출과 눈이 마주쳤어도, ‘무대’는 내게 언제나 향수를 일으키는 공간이다.
그래서 또 무대에 섰다. 느낌이 좀 다르긴 하다. 와일드 아이즈를

추러 왔는데 갑자기 금지된 사랑을 부르라고 하면 이런 느낌일까. 두렵기도 하고, 자책을 하기도 한다. 하지만 어찌 됐든 여덟 시가 되면 눈 앞의 벽채가 열리고 관객들의 눈이 정면으로 보인다. 처음에는 좀 두려웠다. 노려보고 있는 것 같았다. 하지만 관객들과 무대를 같이 만들어가면 된다고 생각이 조금씩 바뀌고 있다. 학교에서 배웠다. 연극의 3요소는 배우, 무대, 관객이라고. 연극의 한 축을 형성하는 당신들을 믿고 나는 무대에서 최선을 다해 달리겠다.

연극 참 어렵다. 이것보다 어려운 일도 많지 않을 것이라는 생각이다. 혹자는 말한다. 너무 어렵게만 생각하는 거 아니냐고. 하지만 쉽게 생각하고 싶지는 않다. 분명 많이 부족한데, 그 부족한 놈이 심지어 생각까지 쉽게 하는 건 일종의 '배임'과도 같다. 어렵게 고민하는 그 모든 과정이 분명 관객들에게 더 좋은 공연을 보여줄 수 있는 시발점이라고 생각한다. 내가 맡은 인물도, 그리고 나도, 서로에게 하루하루 조금씩 다가가고 있다.

나는 어느 순간 내가 연기하고 있는 연극 속 그 아이가 측은해졌고, 가여워졌고, 옛날 나의 모습과도 닮아 있는 것 같아 슬프기도 했다. 나의 과거와 너의 지금이 너무도 같기에 두려워 겁이 나. 좌우지간, 우리는 결국에 손을 맞잡지 못할 수도 있지만 분명 이 순간에도 눈을 마주치고 있다. 난 그의 눈동자를 통해 한 여자를 사랑한다. 그 마음은 나도, 그도, 그리고 당신도 느껴본 적 있는 저릿한 사랑이다. 우리는 당신들의 그 감정을 돕기 위해 위대한 문호의 활자를 온몸으로 연기한다. 참 아름다운 일이다. 내게 이런 꿈을 심어준 그 선배들에게 다시 한 번 감사하다.

무대.

나와 관객 사이에는 스크린도 브라운관도 없다. 편집도 CG도 없다. 그저 미묘한 공기와 긴장감만이 보이지 않게 흐른다. 관객과 나는 그렇게 매일 다른 공연을 만든다. 스무 살, 매일 다른 공연을 보여준 선배님들을 보며 무대를 꿈꿨던 것처럼, 오퍼석에서 매일 선배들을 바라보는 스무 살 사빈이 녀석에게 십 년 전 내가 느낀 감정을 선물하고 싶다.
여덟 시가 되면 조명이 들어오는 무대. 그 무대 안에는 내 손길이 거치지 않은 게 하나도 없는데, 딱 하나 없는 것이 '나'였던 그 시절. 나는 그 시절의 '나'와 사빈이 녀석에게 부끄럽지 않고 싶다.
그러기 위해서 최선을 다하는 모습을 보여주고 싶다.

그때 나의 선배들처럼 말이다.

불행

2017. 01.

녹록치가 않다. 늘 선택을 해야 하고, 장고 끝에 둔 악수 탓에 발생하는 좋지 않은 결과는 이내 내가 오롯이 책임져야 한다. 왜 좋은 일보다는 좋지 않은 일이 더 많은지도 모르겠다. 설령 좋은 일이 있어도 곧 좋지 않은 일이 일어날 거란 확신이 그 기쁨을 반감시킨다. 사는 게 참, 녹록치가 않다는 거다.

뉴스를 틀면 화가 나는 기사들뿐인 지금, 대체 어떤 것에 희망을 걸고 살아가야 하는지도 모르겠다. 올곧이 나를 지키고 나대로 살아가고 싶지만 그것조차 쉽지가 않다. 나를 지키려는 순간 잃어버려야 할 그 모든 것이 두렵다. 직장을 다녀보지 않아서 잘은 모르겠지만, 칼퇴근 후 스포츠댄스 동호회에 나가서 자이브 실력 고취에 시간을 투자하면, 다음날 나를 향해 쏟아지는 김 부장의 눈총 역시 고취되는 것과 비슷할까. 나대로 살아가기엔 주변에 신경 써야 할 것이 무수하다. 이 세상에 나라는 인간이 존재하긴 하는지 의문이 들기도 한다.

'하시는 일 전부 잘 되길 빌겠습니다.'

방금 전 차에서 내리며 대리기사님께 드린, 으레 인사치레로 건네는 이 말은(아니 진심으로 건넨다치더라도) 이뤄질 가능성이 매우 희박한 말이다. 그래, 그저 말일 뿐이다. 하시는 일이 전부 잘되면 강남역 사거리의 그 수많은 사람들의 다크서클은 무엇으로 설명한단 말인가. 아마도 '왜 나는 이렇게 미친 듯이 행복할까'란 고민보단 '나는 왜 남들처럼 행복하지 못할까'의 고민으로 설명하는 게 더 용이할 것이다.

공연팀 회식이 끝나고 조연출 동생이 묻는다.

"형, 이번 글 주제는 뭐예요?"
"불행."

말을 잇지 못하는 그 친구에게,

"세상에 행복한 사람이 어딨냐. 다 불행하지."

라고 해버렸다. 뭐라고 생각했을까. '형 맞아요. 저도 불행해요'라고 생각했을까. 아니면 '아니에요. 저는 며칠 전에 여자 친구 생겨서 행복해요'라고 생각했을까.(만약 그랬다면 저주를 내리겠다.) 그것도 아니면 '뭐래. 당구나 치러 가야지.'라고 생각했을까. 집에 오는 차 안에서 당구 치러 가는 스물한 살 동생에게 너무 구차한 이야기를 해버린 건 아닌지 후회스러웠다. 그래도 네가 여자 친구가 생긴 건 용서할 수 없다.

'왜 이래?'

글을 보면서 몇몇은 이런 생각을 하지 않을까 싶다. 모르겠다. 요즘 들어, 내가 누군지 잘 모르겠다. 내가 하는 모든 행동이 위선은 아닐까 곱씹고 곱씹는다. 누구나 가면을 쓰고 살겠지만, '이 정도면 변검 아닌가' 싶을 정도로 다른 사람의 얼굴로 살고 있는 것 같은 느낌이다. 어떤 것들이 내 안에 퇴적돼서 이렇게 돼버린 건지 모르겠다. 그리고 지금 그 감정들을 누구나 볼 수 있는 인터넷 홈페이지에 쏟아버리는 이 용기, 혹은 객기도 어디서 나오는지 모르겠다. 그저 어쩌면 이 감정이 나만 겪는 건 아닐 거라는 일종의 희망에 기대서 지금 이렇게 '쓰고' 있는 걸까. 우선 확실히 밝혀둔다. 나 취하지 않았다.

만약 이런 구질구질한 비관을 가진 이가 어딘가에 또 있다면, 여기서 나도 그러고 있다는 걸 알아줬으면 좋겠다. 너만 그런 게 아니니까 네가 그렇게 특별한 비극을 겪고 있는 게 아니라는 사실을 알아줬으면 좋겠다. 그리고 누군가 나에게 시간이 해결해줄 거라고 말해줬으면 좋겠다. 내게 '시간이 해결해주리라'고 말해주는 건 20년 전 에메랄드 캐슬뿐이다. 그래, 우리는 알고 있다. 시간이 해결해줄 거라는 사실을. 그 시간이 얼마나 걸릴지 모른다는 사실이 이 마음을 옥죄고 괴롭히는 것뿐이다. 지금 이 불행을 떠나보내려면 얼마나 시간이 걸릴까. 그다음엔 또 어떤 불행이 찾아올까. 그 불행을 대비해 이것저것 무기를 마련해놓는다. 그러면서도 제발 이 수류탄을 깨물 날이 오지 않았으면 좋겠다고 희망한다.

불행, 불안, 불확실.
알 수 없는 어떤 것에 대한 고민. 다가오지 않은 것들에 대한 걱정.

그것들은 보통 일어나지 않아서 사람을 미치게 한다. 그래서일까. 걱정으로 머리가 터질 것 같을 땐 차라리 그 일들이 일어나버리길 바랄 때도 있다. 스멀스멀 기어 나오는 (다 나은 줄로만 알았던) 강박 증상들이 지금 내 속이 썩어 있다는 걸 증명한다. 끝까지 일어나지 않는 그 불안들이 나를 증명하는 셈이다.

'네가 걱정하는 그 일은 절대로 일어나지 않아.'

사실이다. 일어나지 않기 때문에 일어나는 그 모든 불안들에 휘둘릴 필요가 없다. 이런 모순 따위에 무릎 꿇어봤자 나가는 건 무릎뿐이다. 태생이 사이즈가 요만해서 그런 것일 수도 있다. 그리 떳떳하게 살지 못한 과거에 대한 노파심일 수도 있다. 별수 없다. 지나간 어제 때문에 오지 않은 내일을 걱정 속에서만 살 수는 없는 것 아닌가. 결국엔 난 오늘도

다 잘될 거라고 주문을 걸고,

소주 한 잔을 털어넣는다.

다시 한 번 밝히는데, 취한 건 아니다.

아빠의 청춘

2017. 03.

아버지가 우는 모습을 본 적이 없다. 가만히 앉아 생각해보니 아버지의 눈물을 본 적이 없다는 거다. 당신의 어머니가 돌아가셨을 때도, 그는 고개만 떨굴 뿐이었다. 내가 모르는 곳에서 눈물을 쏟고 조용히 제자리로 돌아오셨는지도 모른다. 어쨌든 그는 어머니의 죽음으로 흐르는 눈물을 아들에게 보여주고 싶지 않았던 모양이다.

아버지가 술을 드시는 것도 본 적이 없다. 소주 한 잔에도 빌어먹을 간이 버텨주지 못한다는 게 이유다. 때문에 넥타이를 머리에 두른 아저씨들이 갑자기 집에 쳐들어와 술상을 차리라며 엄마를 닦달하는 모습, 미소 가득한 입꼬리와는 다르게 분노에 찬 눈동자로 달걀말이를 만들어내는 엄마의 모습 같은 건 본 적이 없다. 좋은 구경 놓친 건 아쉬움으로 남는다.

아버지에게 맞은 기억도, 아버지의 욕지거리를 들어본 기억도 없다. 아, 있다. 초등학교 5학년 때 수학 시험에서 68점을 맞아온 날, 아버지는 대뜸 엄마한테 대든다고 나를 때렸다. 아직도 내가 왜 대들었다고 생각하셨는지 모르겠다. 예상컨대 엄마의 엠씨 스나이퍼급 폭풍 꾸지람에 끼어들 비트를 찾지 못하고 아무 말도 '못' 하고 있는 내 모습이, 당신에게는 아들놈이 엄마에게 대꾸도 '안' 하는 것으로 비쳤을지도 모르겠다. 아무튼 그날 나는 아버지에게 각목으로 맞았고, 그 작은 각목이 부러지는 순간 아버지 눈을 잊을 수가 없다.

'아뿔싸, 파워 조절 실패. 때리는 것도 때려본 놈이 잘 때리는 것.'

이라는 당혹감이 그의 눈동자에 비치고 있었다. 그 이후 난 아버지에게 맞아본 적이 없다.

하루는 화가 난 엄마가(이렇게 말하니까 자꾸 엄마가 화만 내는 사람처럼 보이는데, 우리 엄마 착하다.) 내 교과서를 가위로 잘라버리려고 했던 순간이 있었다.(우리 엄마 진짜 착하다.) 그 모습을 본 아버지가 화가 나서 순간적으로 엄마에게 "뭐하는 거야 이 새끼야"라고 했는데, 우리는 모두 그 순간 행동을 멈추고 말도 잃었다. 남자가 여자에게 욕을 하는 경우도 거의 없지만, 혹여 그런 경우가 불가피하게 찾아와도 "이 새끼"라고는 하지 않는다. 생경하고 신선한 순간이었던 것이다.

'욕도 해본 놈이 잘하는 것.'

난 아버지의 욕을 그때 두 번째이자 마지막으로 들었다.(첫 번째는 끝말잇기를 하다가 내가 '소시지'라고 하자 아버지가 '지랄병'이라고 했을 때였다. 이 또한 신선했다.)

아버지는 감정 표현에 서툴다. 좋아도 좋은 티를 내지 않아 무뚝뚝하다는 소리를 듣는다. 슬프거나 화가 나도, 표현을 잘 하시지 않는다. 그저 그 무거운 한숨만 혼자서 푹푹 내쉬는 거다. 답답하고 원칙적이고 보수적이고 조용하고 늘 혼자다. 그런 아버지처럼 되고 싶지 않았다. 내 얼굴과 똑같이 생긴 저 어른처럼 되고 싶지 않다고 생각했다. 그깟 원칙과 소신 같은 건 내 미래에 독이라고 생각했다.

자신의 아버지를 존경한다는 사람들이 이해가 가지 않았다. 난 아버지가 바보 같다고 생각했다.

본 적 없는 그의 과거를 가만히 추측해본다. 당신의 청춘은 어땠느냐고 혼자서 질문을 해본다. 아마도 내가 느꼈던 청춘의 설렘과 고민과 열정과 슬픔이 아버지에게도 있었을 것이다. 누군가와 만나고 헤어졌을 것이며, 무언가에 실패하고 또 성공했을 것이다. 그에게도 꿈이 있었을 테고, 좌절도 해봤을 것이다. 알 수는 없지만 짐작은 가는 아버지의 청춘이 궁금하다. '국민학교' 때 학교에 가기 싫다며, 짝꿍을 데리고 학교에 가지 않아 동반 퇴학을 당했던 순간에 어떤 감정을 느꼈을지, 그 짝꿍한테 미안하긴 했을지, 당신의 연애는 어땠는지 많은 것이 궁금하다.

난 아버지와 많이 닮았다. 18K 도금 비율 얼굴부터, 남 앞에서 잘 울지 못하고, 술에 약하고, 감정 표현에 서투르다는 것까지. 그런 성향이 내 꿈에 방해가 된다고 믿었고, 때문에 학창 시절에는 아버지를 꽤 원망도 했다. 내가 좋아하는 일을 천성적으로 못 할 수밖에 없게 만든 것 같은 아버지가, 그리고 그의 유전자가 미웠다. 철없던 시절이었다.(지금도 없지만.)

아버지를 존경한다.

당신에게 물려받은 '근성' 덕분에 쓰러지지 않았다고, 지나치게 근면 성실한 아버지의 근성이 결국 내가 내세울 수 있는 유일한 재능이자 재산이라고 말씀드리고 싶다. 덕분에 나는 뭐가 됐든 나름대로 최선을 다해 준비하고, 쉽게 지치지 않는다. 그리고 아버지는 한술 더 떠 그 진행 상황을 내게 항상 물어보고 체크한다. 누가 보면 내가 준비하는 영화에 투자한 줄 알 정도다. 가만있어 보자. 이 정도면 이젠 나도 좀 의심이 간다.

훗날, 나도 자식이 생길 것이다. 그리고 어렴풋하게 예상해보면, 나 또한 그 아이에게 우리 아버지의 모습으로 비춰질 것도 같다. 내가 미워했던 그 모습들이 이제 와 생각해보면 아버지의 노력이었던 것 같으니까. 나도 나름의 노력으로 내 자식에게 원칙에 어긋나는 모습은 보여주지 않을 것 같다는 거다. 그럼 그 자식놈 또한 난 아빠처럼 살지 말아야지, 라고 생각할지도 모른다. 크게 상관은 없다. 불효자의 자식이 불효자인 건 억울할 일이 아니다. 그런 면에서 우리 아버지는 좀 억울할지도 모르겠지만.

내 아이가 내 아버지의 근성만은 닮았으면 좋겠다. 그럼 그 아이도 힘들 때 쓰러지지 않고 잘 살아갈 수 있을 것 같다는 생각이다. 그런데, 결혼은 할 수 있을까. 안 되는 건 없다. 이것도 근성으로 해내리라.

아,

그리고 50년 전 아버지의 짝꿍 어르신에게는 이 아들이 대신 사과를 올린다. 그땐 우리 아버지가 좀 어렸다. 죄송하다.

5부

변산

1.

'뚱, 땅, 뚱, 땅 즐거운 곳에서 날 오라 하여도, 뚱, 땅, 뚱, 띠용, 내 쉴 곳은 작은 집 내 집뿐이리. 동 동 동. 워우워.'

때는 2017년 2월, 본인은 당시 준비하던 〈그것만이 내 세상〉이라는 영화를 위해 두 평도 안 되는 골방에서 피아노를 치며 노래를 하고 있었다. 분명 제대로 눌렀는데 세상에 존재하지 않는 소리가 나는 것 같은 느낌을 다섯 시간째 받는 와중이었다.

'네가 나로 살아봤으면 해. 내가 너로 살아봤으면 해. 단 하루라도….' 전화 벨소리가 울렸고, '갓준익갬독륌'이 화면에 떠 있었다.

"네, 감독님."
"정민아, 너 랩 잘하지?"
"…."

많은 생각이 오가는 순간이었다.

"좋아하죠."
"아 그러냐? 그럼 도끼만큼은 하지?"
"…그 분은 심사를 하시는 분인데요."
"아 그러냐? 너 노래방에서 랩 잘하던데."

참아야 한다…. 나이도 지긋하신데 날 놀리려고 하시는 건 아닐 거야.

"왜요, 감독님?"
"내가 래퍼가 주인공인 영화를 하나 생각 중인데 너 지금 하는 거 언제 끝나냐."
"8월 정도요?"

"알았어. 그냥 잊어버려."

감독님이 토르처럼 느껴졌다. 도끼 같은 벼락을 내리고, 멋있게 잊으라고 하고 떠났다. 역시 천둥의 갓준익갬독림. 그리고 난 정말 순식간에 잊고, 다시 세상에 존재하지 않는 음을 만들기 위해 손가락을 올렸다.

2.

〈그것만이 내 세상〉 촬영 끝자락. 촬영이 끝나면 뭐하지 생각하는 도중 5개월 전 천둥의 신과 통화한 기억이 났다. 그래서 전화를 걸었다. 뗄렐렐렐렐레.

"여보세요."
"감독님, 그때 무슨 래퍼 영화 뭐 하신다고."
"어, 너 지금 하는 거 끝나면 뭐하냐."
"시나리오가 하나 들어왔는데…."
"아니, 잠깐만. 너 언제 시간 되냐."
"제가 요즘 많이 바빠서 잠시만요. 스케줄 표를 보니까, 내일 당장 되네요."

"그럼 내일 사무실로 좀 와."

그리고 다음 날, 충무로의 사무실로 찾아갔다. 감독님의 옆자리에 앉자마자 시나리오 하나가 턱 하고 올라왔다. 〈변산〉. 래퍼가 주인공이라면 적어도 '서교동' 정도는 돼야 하는 것 아닌가.

"읽어보고 재밌으면 하고, 재미없으면 하지 마."

감독님스러운 제안이었다. 삼청동의 어느 조용한 카페에 들어가 시나리오를 읽기 시작했고, '으흥흥' 하는 소리를 내며 한 시간 남짓 정독했다. 그리고 덮자마자 생각했다. 해야겠구나. 시나리오도 시나리오지만, 이 시나리오를 이준익 감독님과 함께 만드는 현장이 그려졌다. 행복할 것이다.
그렇게 난 〈변산〉의 첫 퍼즐이 되었다.

3.
"근데 말이야, 주인공이 너라서 여자 배우가 좀 인지도가 있어야 돼."

'좋죠! 그럼 제니퍼 로렌스!'라고 말하고 싶은 걸 참았다.

"누구 생각하고 계세요?"

"김고은 어떠냐."

"고은이는 안 할 걸요."

"왜?"

"〈도깨비〉 장난 아님. 토르 이김."

그래도 시나리오를 한 번 줘보겠다는 감독님의 말에 알겠다고, 하지만 기대는 마시라고 말씀드리곤, 제니퍼 로렌스가 좋을지 엘리자베스 올슨이 좋을지 고민하는 며칠이었다. 그리곤 전화가 걸려왔다. 김고은이 한다고. 왜지. 왜 때문이지. 내가 공유 선배와 닮아간다는 연상호 감독님발 헛소문을 어디서 주워들은 것인가. 도무지 이해할 수 없는 상황에 문자메시지가 왔다.

'정민 선배?'

'고은아, 고맙다. 고맙구나. 고마워.'

'고맙긴 뭐가 고마워. 나 선배 때문에 한 거예요. 알아두라고.'

이토록 넉넉한 반응이라니. 고은아 네가 엘리자베스 올슨보다 염력 더 잘 쓸 것 같아. 넌 정말 최고야. 〈변산〉의 두 번째 퍼즐이 끼워지는 순간이었다.

4.

장항선 선생님, 정규수 선생님, 그리고 고준, 신현빈, 김준한, 배제기, 임성재, 최정헌 배우가 캐스팅되고, 본격적으로 영화를 준비하는 시간이 찾아왔다. 본인이 맡은 역의 이름은 김학수. 직업은 래퍼. 2017년도 상반기는 피아노, 하반기는 랩. 이 정도면 제천국제음악영화제 홍보대사는 따놓은 당상 아닌가 싶을 정도였지만, 연락이 오지는 않았다.

랩을 연습해야 했다. 그래서 〈변산〉의 랩메이킹을 담당하는 분을 찾아갔다. 드렁큰 타이거, 다이나믹 듀오, 리쌍, 에픽하이, YDG, 도끼 등이 멤버였던 힙합 크루 무브먼트. 거기엔 TBNY라는 걸출한 듀오가 있었고, 또 거기엔 얀키가 있었다. 그리고 그 얀키가 내 앞에 있었다. 그리고 초면에 그 분 앞에서 나는 랩을 해'봐'야 했다.

"시간 지나 먼지 더, 덮…. 다시 할게요. 시간 지나 먼지 덮인 많은 기억. 시간 지나면서 내 몸에 쌓인 독."

이 순간이 영화라면 이 영화는 악당이 주인공을 무참히 살해하고, 주인공의 가족까지 몰살하고, 마지막에 카메라를 향해 씨익 웃으며 끝나는, 아주 X 같은 영화임에 틀림없을 것이다.

5.

빠져나간 영혼이 아직도 글자를 중얼거리는 육체를 보고 있었다.

'몸아 미안해. 하지만 네 안에 있을 수가 없어. 너 지금 엄청 구려.'

중얼거림이 끝났다. 이제 카메라와 함께 이경규 아저씨가 들어오면 모든 게 해결되는 순간이었다. 하지만 불행하게도 그는 들어오지 않았고, 작업실의 누구도 그 불행한 찰나의 고요를 깨기 위해 선뜻 나서지 못했다. 다들 이 상황에 가장 적절하고 예의 있는 단어를 찾아내는 데 여념이 없어 보였다. 역시 동방예의지국이다. 한국 힙합 만세다.

정확히 기억나진 않지만 앞으로 자주 만나 이야기하자는 방향으로 상황은 대충 수습됐다. 작업실을 빠져나와 시동을 걸었다. 분당 수서로를 달리는데 문득 옛날 생각이 났다.

고등학교 1학년, 랩 동아리에 들어가겠다고 오디션을 본 적이 있었다. 왜 랩 동아리에 들어가고 싶었는지 잘은 모르겠지만, 뭔가 잘나가고 싶었던 것 같다. 큰 반팔티와 큰 청바지를 입은 고등학교 2학년 형들이, 나란히 서 있는 1학년들에게 좋아하는 가수가 누구냐고 물었다. 임창정이라고 말하려는 순간 친구들이 드렁큰 타이거, CB

MASS, 원타임, 허니 패밀리 등을 이야기하길래 나도 그렇다고 했다. 랩을 해보라고 했다.
친구들이 드렁큰 타이거, CB MASS, 원타임, 허니 패밀리 노래를 할 때 난 오션의 'More than words' 랩 부분을 불렀다. 이토록 감미로울 수가. 장내는 술렁였다. 생각지도 못한 감성래퍼의 등장에 다들 놀라는 분위기였다. 이경규 아저씨가 들어올 타이밍이었다. 역시나 그는 들어오지 않았고, 난 방송부에 들어가게 되었다.

랩으로 치욕을 느낄 날이 또 올 줄이야. 차에서 한참을 웃었다. 술 먹고 노래방에서 랩을 한 나와 장단 맞춰준 강하늘과 그 랩을 들은 감독님과 그 옛날 큰 반팔티를 입은 형과 그 형 친구인 방송부장 형과 감미로운 오션까지. 주마등처럼 스쳐지나갔다. 네비게이션에 쥐구멍이라고 쳐볼까. 이 길의 끝은 어디일까. '힙합플레이야'일까. 모르겠다. 힙합은 대들면 힙합이 아닌가. 지금 당장 엄마한테 가서 랩 과외받게 돈 좀 달라고 대들어야겠다. 그런 생각들로 밤새 달을 보다 해를 보고 겨우 잠에 드는 날이었다.

6.

엄마는 이준익 감독님을 참 많이 좋아한다.

"난 이준익 영화가 세상에서 제일 재밌어."

라고 한다. 그럼 아버지도 옆에서 "그 양반 영화 참 재밌지."라고 거든다. 때문에 감독님을 만나러 갈 때면 꼭 뭐라도 사가라고 다그치신다. 그럴 때마다 난 "아, 내가 알아서 해요!"라고 한다. 물론 알아서 한 적은 별로 없다. 송구하다. 좌우지간 감독님과 또 영화를 하게 되었다는 소식을 전했을 때 두 분의 얼굴엔 화색이 돌았다. 뭘 잘했는지 모르겠지만 잘했다 하곤 무슨 영화냐 물으셨다.

"변산이라는 영화요."
"이번에도 사극이니?"
"현대물이야."
"제목이 꼭 사극 같다. 얘, 주인공이니?"
"뭐 그렇게 됐네요."
"무슨 역할이니?"
"래퍼요."

엄마가 웃었다.

"너 노래 못하잖아."

"아니 래퍼라니까."

"너 아빠 닮아서 노래 못해."

한 번에 두 남자를 공격하는 엄마의 디스는 수준급이었다. 가만히 계시다 탈탈 털린 아버지가방에들어가셨다. 그리고 난 "너 어떡하니." 하는 엄마의 비웃음 서린 걱정에 힙합정신으로 대들고 싶었지만 십수 년 전, 딱 한 번 들어본 아버지의 노래가 기억나 마음을 접었다. 그때 부르신 '칠갑산'은 아직도 내게 트라우마로 남아 있다. 그건 힙합정신 정도로 극복할 수 있는 수준의 것이 아니었다.

유전자는 강하다. 음악적 재능은 눈을 씻고 봐도 찾을 수 없는 부자지간이었다. 엄마의 수준급 디스 유전자로는 해결되는 것이 아니었다. 별수 없었다. 연습만이 살 길이었다.

7.

혼자서 노래방에 다니기도 했다. 인적이 드문 노래방을 찾아 들어가 아는 랩이란 랩은 모조리 예약한 후에 한 시간 동안 부르고 나오는 식이었다. 하얗게 불태우고 노래방 문을 나설 때 '이 새끼 뭐하는 새낀데 누구보다 빠르게 남들과는 다르게 랩만 하다 나가지?' 하는 사장님의 눈빛을 보고, 그 다음부터 중간중간 발라드 같은 것을 끼얹기도 했다. 감성래퍼는 뭐가 달라도 다르다.
현장에 다니는 차 안에서도 MR을 틀어놓고 중얼중얼 가사를 썼다 지웠다를 반복했다. 순간 운전하고 있는 매니저의 뒤통수가 보였다. 뮤직뱅크 스케줄이라도 잡아야 하나 하는 압박감을 느끼는 것 같은 뒤통수였다. 미안했다. 걔도 감미로운 오션 노래 들으면서 운전하고 싶을 텐데 뒤에서 형이라는 새끼가 '세상아 덤벼라. 다 죽일 거다. 힙합정신 첵첵.' 중얼거리고 있으니 얼마나 곤욕이겠는가. 영화가 끝나고 정토 수련원 같은 데라도 보내줘야 하나 싶은 순간의 연속이었다. 부디 '정민이 형이 지가 정말 래편 줄 아는 거 같아요.'라고 회사에 보고만 하지 않았으면 하는 바람이었다.

얀키 형이 추천해주는 음악들을 많이 들었다. 평소엔 잘 모르던 외국 래퍼들의 음악을 많이 들었고, 꽤 도움이 되기도 했다. 그러던 어느 날, 형이 J Cole라는 가수의 영상 하나를 보여줬다.
그의 제스처가 멋있으니 한 번 연습해보라는 이유였다. 집에 가서 시키는 대로 연습을 하다 보니 내 자신이 멋있게 느껴졌다. 당당히 거울 앞에 서서 연습을 이어갔고, 거울 안에는 멸치 한 마리가 있었다. 순간 다시 한 번 영혼이 빠져나가는 걸 느꼈고, 영혼은 멸치에게 이렇게 말했다.

'엄청 푸드덕거리네.'

산 너머 산이었다.

8.

어영부영한 단어들로 영화 〈변산〉을 채우는 바람에 오해가 생겼을 수도 있겠지만, 이 영화는 모두가 부끄럽지 않게 만들려고 노력한 작품이다. 각자의 회로가 다 다른 만큼, 이 영화는 그 각자에게 온통 다르게 다가갈 테다. 그 모든 회로를 충족시켜드릴 수는 없겠으나, 진심으로 전달하고자 했다. 때로는 우습게, 때로는 무겁게, 때로는 쿵짝쿵짝, 때로는 바운스바운스, 영화에 나오는 모든 인물을 사랑하고, 그들을 보고 있는 모두가 그 온기를 느낄 수 있게 만들었다. 조용하진 않지만 묵직하게, 신나는 한 영화가 여러분들을 찾아간다. 부디 주의 깊게 바라봐주시길 간절히 바라는 바다.

카이스트

밀레니엄. 노스트라다무스가 세상이 망한다고 예언했던 그 시절. 세상이 망한다면 이것만은 꼭 품고 망하리라 했던 것이 드라마 〈카이스트〉 비디오*였다. 학원에 가야 하는 바람에 마지막 회를 챙겨 보지 못할 위기에 처한 나는 엄마에게 무슨 일이 있어도 녹화를 해놓아야 한다며 신신당부했고, 당연히 엄마는 녹화를 해놓지 않았다. 집에 와서 좌절감에 휩싸여 세상이 떠나가라 소리치던 나에게 엄마는 몽둥이를 날렸고, 나는 '아, 이게 바로 밀레니엄이구나.' 했다.

* 정식판은 아니다. 그때는 다 그랬다.

한국과학기술원에 다니며 한국 과학의 안녕에 힘쓰는 학생들과 교수들이 나와 '로보트'를 만들고 프로그램을 업그레이드시키고 대회에서 우승을 하고, 갑자기 사랑도 하는 드라마였다. 갑분사**였다. 그래서 나도 채림을 사랑했다. 그녀의 사진을 인화해 집에 전시해 두기도 했고, 집에 놀러온 엄마의 친구들은 엄마에게 너의 아들은 왜 저러냐고 묻기도 했다. 엄마는 그건 나도 잘 모르겠고, 애가 카이스트만 가주면 땡큐 아니겠냐고 결계를 쳤다. 그 후 〈카이스트〉는 끝이 났고 애는 다시 제 인생으로 돌아왔고 카이스트에 가지 못했다. 결계는 그렇게 풀렸다.

〈카이스트〉를 좋아했던 그 애는 사실 과학에는 전혀 관심이 없었다. 심지어 고등학교 입학 후 첫 모의고사에서 물리 점수가 2점이 나왔다는 사실에 분노해, 제도권 교육 시스템에 일침을 가하고 문인 만세를 외친 적도 있었다. 에프는 엠에이가 뭐냐고 먹는 거냐고 이과 친구들을 우롱하고, 우리에겐 펜이 있다며 항거하기도 했으나 이과인들이 펜을 발명했다는 사실을 나중에야 깨달았다. 자존심이 상한 나머지 이과 친구에게 "그렇게 과학 공부해서 뭐하냐. 나중에 써먹지도 못하는데."라고 했지만, 그는 서울대에 갔고 졸지

** 갑자기 분위기 사랑

에 박사님까지 되어 공부한 걸 아주 잘 써먹고 있는 중이다. 지구가 터져버렸으면 좋겠다,

고 생각했던 것도 잠시.

〈알쓸신잡〉이라는 프로그램을 보게 됐다. 그중 낯선 인물이 보여 검색해보니 양자역학을 연구하는 교수님이라고 했다. 김상욱이라는 이름의 그 교수님은 줄곧 누군가의 말을 천천히 듣다가 주제가 자기 영역에 들어왔다 싶을 때, 혹은 자신이 말해야 할 때라는 생각이 들 때, 알아두면 쓸데없는 신비한 잡학들을 조근조근 뱉어냈다. 그의 말은 다정했고, 잘난 체는 없었으며, 가끔은 과학적 지식이 해박한 예술가의 것이 아닐까 싶을 정도로 감성적이기까지 했다. 하긴, 당연한 듯 보이는 현상들의 원인을 연구하는 사람이니 만물이 신기하고 감동적으로 다가오는 것도 이상한 일은 아닐 듯싶었다. 하루 동안 그와 여행한 후 "김상욱 교수에게 배웠다면 물리를 더욱 다정하게 대했을 것"이라고 한 유시민 작가의 말이 이해되는 지점이었다.

'물리'. 사물의 이치를 다루는 학문이라니. 문득 관심이 생겼다. 김상욱 교수의 책을 찾아 읽고 호기심이 꼬리를 물어 다른 책들도 찾

아보기에 이르렀다. 당연한 결과의 당연하지 않은 원인들이 흥미로웠다. 그것을 연구하는 사람들에 대한 존중과 존경이 생겼고, 김상욱 교수의 강연을 찾아가기도 했다. 하지만 강연인 줄 알았던 그곳은 북콘서트장이었고, 김상욱 교수는 무대에서 '엔트로피 사랑'을 불러제끼셨으며, 나는 그 노래를 따라 부르며 야광봉을 흔들었다. 북콘서트가 끝나고 이뤄진 사인회에서 김상욱 교수의 사인을 못 받은 것이 가방 속《떨림과 울림》과 함께 한으로 남아 있다.

그는 과학의 대중화를 위해 힘쓰고 있는 것처럼 보인다. 나 같은 인간도 그로 인해 과학에 관심을 갖게 된 걸 보면, 노력이 그저 노력으로 끝나지만은 않을 것 같다. 이공계의 위상이 예전에 비해 많이 떨어졌다 해도, 그들이 이 세상을 끌고 가는 힘은 전혀 떨어지지 않았다. 그들이 연구하고 만들어내는 것으로 나는 지금 이 글을 쓰고, 저장하고, 출판사에 전송할 것이다. 그다음 냉장고에서 얼음을 꺼내 커피 머신으로 커피를 내려 먹을 것이고 인증샷을 찍어 소화기 산업에 힘쓰고 있는 내 친구에게 전송해 욕이 섞인 답장을 받을 것이다. 또한 동영상 애플리케이션을 열어 녹화하지 않아도 볼 수 있는 〈카이스트〉를 찾아볼 것이고, 빗나간 노스트라다무스의 시대보다 훨씬 더 살기 좋아진 지금에 감사할 것이다.

모든 것은 당연하지만 당연하지 않다. 그 사실만 알고 있어도, 우리는 쉽게 감동할 수 있을 것이다. 여행을 다니며 아이처럼 신기해하던 시선은 한 과학자만 가질 수 있는 특별한 것이 아닐지도 모른다.

우리는 모두, 이유를 궁금해하기 마련이니 말이다.

BLACK MIRROR

한 달에 한 번씩 넷플릭스에서 내 돈을 가져가는데, 한 달에 한 번도 켜보지 않은 적이 수 달째라 이제는 돈이 아깝다는 생각이 드는 걸 넘어서 그 사실을 부정하는 지경에 이르는 와중 누군가가 〈블랙 미러〉라는 드라마를 추천해주었다. 그리고 또 누군가가 그 드라마를 추천해주었고, 자꾸 누군가에게 추천을 받다 보니 왜들 그렇게 난리들을 피우는지 궁금해서 오랜만에 넷플릭스 애플리케이션을 켰다. 그리고,

여러분 〈블랙 미러〉 보세요.

왜 그렇게 난리들을 피우는지 알게 된 나는 손수 그 난리통에 끼어들었고 시즌 6를 기다리며 허벅지를 꼬집는 상태가 되어버렸다. 이토록 신박한 드라마라니. 한 편 한 편 고스란히 결론이 나서 내용 전개가 궁금한 건 아니지만, 또 어떤 상상력으로 나의 자괴감을 불러일으킬 것인가 궁금해서 다음 편을 또 누르고 있었다. 아 진짜 안 돼. 이것만 보고 꺼야지. 아 진짜 정말 안 돼. 이거까지만 보고 자자, 하다가 해가 중천에 뜨고 몸이 정신의 전원을 꺼버리는 그 순간까지 보고 앉아 있었다. 그리고 그 날 밤 어김없이 또 넷플릭스를 켰다. 어쩌면 〈블랙 미러〉를 보는 사람들이 블랙 미러에 빠지게 되어 일어나는 일들을 찍어서 또 〈블랙 미러〉로 만들려고 하나 싶기도 했다. 〈블랙 미러〉는 그렇게 무서운 것이었다.

드라마는 가까운 미래의 발전된 기술과 그것들을 받아들이는 인간의 나약함, 집단의 야만성, 일탈의 비극 등을 그린다. 찾아보지 않아서 정확히는 모르겠지만, '블랙 미러'란 거울 앞에 선 인간들의 어두운 미래를 대변하는 제목이 아닐까 싶다. 발전된 기술이 인간에게 쾌적함을 선사한다는 지금까지의 인식과는 달리, 파고 들어가 보면 비극으로 이어질 것이라는 어쩌면 아주 현실적인 드라마라는 것이다. 기술은 생각의 폭을 좁힌다. 몸이 편해지고 생각이 줄어드는 것을 인간은 쾌적하다고 표현한다. 집에 들어오기 전후로 기계들이 미리 집 안의 실내온도를 맞춰놓고, 욕조에 물을 받아놓으며, 손가락 하나만 허공에 휘두르면 친구에게 전화가 걸리는 데다 화장실에서도 최소한의 동작으로 몸을 씻고 나오는 영화 속 장면들처럼 기술은 최소한의 에너지 낭비를 목표로 한다. 생각할 필요는 없다. 기술이 알아서 편하게 해주니 말이다. 〈블랙 미러〉는 여기서 생각을 그치지 않고, 그렇다면 과연 인간은 행복할 것인가에 대해서 묻는다.

거의 모든 에피소드에 반전이 있으니 줄거리를 설명할 수는 없지만 대부분의 에피소드 속 주인공들은 선악으로 분명하게 나뉘지 않는다. '그래서 그렇게 된' 인간과 '그래서 그렇게 되지 않은' 인간의 갈등을 통해 인간 전체의 나약함을 지적할 뿐이다. 집단의 생각이 동일해지면 얼마나 잔인해질 수 있는지, 여론이라는 것이 한 사람의 인생을 어떻게 파괴하는지, 죄인에게 벌을 주는 죄인은 과연 죄인이 아닌 것인지, 여러 가지에 대해서 생각해보게 만든다.

드라마 〈블랙 미러〉는 발전된 기술에 의해 일어나는 '미래'의 인간 군상을 다룬다고 이야기했지만, 가만히 생각해보면 꼭 그렇지만도 않은 것 같다. 작가의 상상력으로 재미를 더한 것일 뿐, 분명 작가는 지금 일어나고 있는 사회의 부조리를 지적하고 싶었을 것이다.

진실은 보통 이면에 있다. 사람들은 자주 현상만으로 무언가를 판단하고 욕을 내뱉고 조롱한다. 그게 진실이 아니었으면 없었던 일로 치부한 후, 또 다른 조롱거리를 찾아 몰려다니는 이 사회가 작가는 고까웠던 것 아니었을까. 집단 이기주의에 익명이라는 보너스가 부여됐을 때의 시너지는 상상을 초월한다. 심지어 집단의 시각이 누군가로 인해 동일시된다면 타겟이 발생하기 마련이다. '힘이 센 내 친구'가 '문제 대상'을 물리쳐줄 것이라 믿고, 힘을 합쳐 문제를 처리한 다음 또다시 때려줄 누군가를 찾아 나선다. 하지만 누구도 그 '힘이 센 친구'가 누구인지 모른다. 혹시 그가 나를 때리려고 할 때는 어떡해야 할까. 상관없다. 상상해본 적도 없고, 그럴 일도 없을 것이기 때문이다.

〈블랙 미러〉는 이렇게 집단의 잔혹함을 지적한다. 미래에 나올지 안 나올지도 모르는 그 현란한 기술을 보여주고자 함이 아니라, 뒤에서 고통받을 누군가를 그리고 있다. 영웅이 등장해서 나쁜 놈을 처치하는 것이 아니라, 그 모두가 나쁜 놈이고 사실 영웅 같은 건 없다고 말한다. 이미 너무 많은 것이 위태로운 상황이며, 이대로 조금만 더 가면 되돌아올 수 없다고 경고하고 있다. 점점 편해지는 기술 뒤에 인간들은 한없이 난폭해지고 있다고. 누군가를 직접적으로 찌르거나 쏘는 살육은 줄어들고 있을지 몰라도, 당신의 집 벽 너머의 누군가는 정체를 모를 누군가들에게 죽어가고 있다고. 그리고 내일은 그게 당신이 될 수도 있다고. 말하고 있는 것이다.

그리고 문득, 또 다른 상상을 해본다.

자,

기계들이 지배하는 세상이 왔다고 가정해보자. 인간에게 빼앗은 총과 칼을 모두 용광로에 녹여 본인들 스스로 번식하기에 이른 세상이다. 백 년 전부터 이미 인간보다 똑똑했던 기계들은 이제 인간이 하는 모든 생산 활동을 대신하기 시작한다. 본인들의 규칙 안에서 인간들을 제어하고 통제한다. 이제 지구의 주인은 기계이고, 본인들을 '머신 사피엔스'라고 일컫기 시작했으며, 인간은 자신들이 관리해야 할 하나의 종족 중 하나에 불과해졌다. 이 세상에서 인간은 더 이상 영장류 같은 것이 아니다.

인간보다 힘이 세고 지능이 높은 기계들이 인간의 야만성을 통제하는 행위는 어찌 보면 정당한 일이다. 인간들의 탐욕으로 인해 찾아올 지구의 재앙을 막고, 살아남기 위해 기계들이 인간의 야만성을 통제하는 것은 생존본능이란 말만으로도 설명이 가능하다. 인간이 살아남기 위해 인간이 아닌 것들을 통제하고 제어한 것처럼,

기계가 같은 행동을 하는 것도 전혀 이상한 일이 아닌 것이다.

비극적인 상상이라고 보일 수 있겠지만, 인간이 아닌 모든 것들의 입장에서는 이 가정이 비극적이지 않을 가능성이 매우 높다. 동물들은 대량학살에 시달리지 않아도 되고, 쇠창살에 갇혀 누군가의 구경거리가 되지 않아도 된다. 나무와 숲은 더 이상 인간들을 위해 쓰이지 않아도 되고, 하늘과 바다는 점점 제 색깔과 온도를 찾을 것이다. 그리고 어쩌면 같은 인간임에도 불구하고 힘이 약하다는 이유로 늘 죽음의 위험에 노출되어 있던 인간들에게도 비극이 아닐 수 있겠다.

지구의 주인은 늘 그렇게 바뀌어왔다. 인간이 지구의 최강자였던 시간도 그리 길지 않으니, 그보다 강한 존재가 등장하는 건 지구의 역사로 봤을 때 전혀 이상한 일이 아니다. 오히려 그 짧은 시간 동안 많은 것들을 파괴한 인간의 오만함이 더 이상한 일이다. 인간은 보통 오만한 인간을 혐오하지만, 인간은 인간이라는 사실 자체로 이미 오만한 경우가 많다. 동물을 학대하는 인간을 혐오하면서도, 동물원으로 나들이를 가는 것과 같은 이치다. 그게 뭐가 문제냐고 묻는다면, 기계가 인간을 지배하는 것도 큰 문제는 아닐 것이다.

또 하나의 작품을 끌고 들어와보자. 〈어벤저스〉. 이 영화의 빌런으로 등장하는 타노스는 우주의 균형을 맞추기 위해 생명체를 모두 반으로 줄이고자 한다. '난 그런 거 모르겠고, 그냥 다 때려뿌시고 시펑.'하는 예전의 우주 괴수들과는 조금 결이 다른 악당이다. 그래서인지, 우주를 지키고자 하는 타노스와 지구를 지키고자 하는 어벤저스의 싸움이 단순히 선과 악의 싸움처럼 보이지만은 않는다.

이 영화는 현재 지구가 처해 있는 위태로움을 어떻게든 이야기하고 싶은 것처럼 느껴진다. 무언가를 잃어가면서까지 지켜내야 하는 것이 무엇인지 묻고, 너무 많은 것들을 잃을 수 있는 현재의 위기를 말하고 싶었던 건 아닐까. 자신의 딸을 잃어가면서까지 타노스가 이루고 싶었던 것은 과연 악(惡)일까. 앞서 이야기한 것의 연장으로, 그가 지구의 인구를 반으로 줄였을 때, 비극적인 건 인간밖에 없을 것이란 사실이 비극적이다. 어쩌면 지구는 타노스의 숙원이 꼭 이루어지길 바라고 있었을지도 모른다.

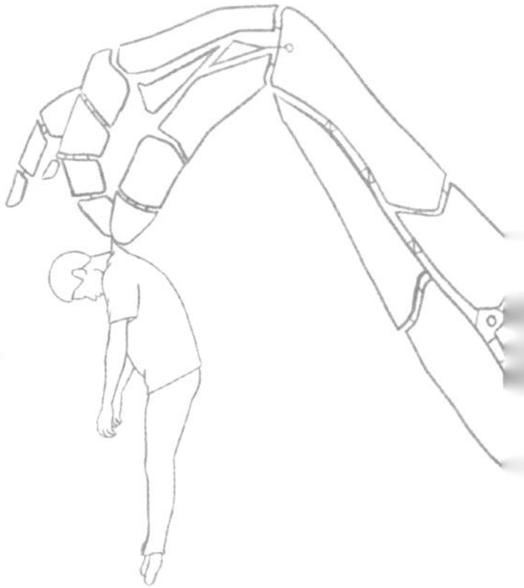

인간이 만든 기계는 지난 시간 인간을 거역하지 않고, 시키는 것들을 충실하게 해왔다. 인간을 위해서 인간을 지배해야 한다고 명령하면, 아마 기계들

은 그것도 성공적으로 해낼지 모르겠다. '인간을 위해서 인간을 지배해야 하는 상황'이 오지 않도록 우리는 지금부터 노력해야 할 것이다. 조금은 덜 오만해도 잘 살 수 있다는 것을 스스로 증명해야 할 것이다. 인간이 쇠창살 안으로 완전히 들어가기 전에, 이런저런 의미의 쇠창살들을 조금씩 열어젖힐 필요가 있지 않을까 싶다.

아직 희망은 있다. 인간은 충분히 그럴 만한 능력이 있는 존재들이니 말이다.

뮤즈

뮤즈라는 밴드가 있다. 1999년 데뷔 앨범을 냈으며, 기타 및 보컬의 매튜, 드럼의 도미닉, 베이스의 크리스로 이루어진 3인조 영국 밴드다. 우리나라에선 'Time is running out'이라는 곡으로 잘 알려져 있다. 1999년 3인조 밴드 데뷔 동기로는, 밀레니엄을 맞이하여 야심차게 결성된 한일 혼국 밴드 Y2K와 당시 전국 중고등학생들의 록발라더화를 이끌던 플라워 정도가 있겠다.

언젠가부터 우주의 신비에 심취해 있던 나는 언젠가부터 우주를 노래하는 뮤즈의 음악에 덩달아 심취하게 되었다. 심취하면 자꾸 덕질을 하려는 습성이 있는 나로서는, 공식사이트에서 판매하는

MD들을 사지 않을 수 없었다. 티셔츠를 몇 개 담고, 모자를 담고, 치지도 못하는 기타 악보를 담고, 가지도 못하는 투어 콘서트 티켓을 담았다. 그리고,

결국 지금 로마에 있다. 이제부터 뮤즈 콘서트가 있던 그 하루를 쓴다.

느지막이 일어나 샤워를 하고 정갈하게 개어놓았던 티셔츠를 하나 꺼내 입었다. 공식사이트에서 구매한, 'MUSE'라고 쓰여 있는 검정색 티셔츠를 입으며 매튜와 눈을 마주칠 그 순간을 상상했다. '혹시라도 매튜가 웨어 아유 프롬이라고 물어보면 아임 코리안이라고 대답해야지. 만약 매튜가 놀쓰코리안? 이라고 되받아치면 예쓰라고 한 다음 저스트 키딩, 하고 고급유머를 구사해야지.' 등의 온갖 행복한 상상을 하며 매무새를 가다듬었다. 이 날을 위해 무리해서 VIP티켓을 샀으니 가능성이 없는 것도 아니라고 생각했다. 그들을 위해 내 통장의 앞 한 자리 수가 사라지더라도 그게 진정한 덕력 아니겠냐며 스스로를 위안하고 밖으로 나섰다.

콘서트장은 테르미니 역에서 여섯 정거장을 간 뒤에 32번 버스를

타면 도착할 수 있다고 했다. 테르미니 역에서 여섯 정거장은 용케 성공했지만 32번 버스를 타는 곳을 찾는 게 여간 어려운 게 아니었다. 그래도 용케 정류장을 찾아 서 있는데, 리바이스 티셔츠를 입은 한 남자가 내게 다가왔다.

"너 뮤즈 콘서트 가니?"
"응."
"너의 티셔츠를 보고 알았다."
"땡큐."
"버스 타고 갈 거니?"
"응. 버스 타고 오라던데?"
"응. 너 여기 있으면 안 돼. 날 따라와."

여기 있어도 될 것 같았지만, 'No'라고 할 수가 없어서 그를 쫓아갔다. 건너편으로 길을 건너니 리바이스 티셔츠를 입은 여자가 나에게 하이라고 했다. 덩달아 하이라고 했고, 더 말을 걸 것 같아서 바로 휴대폰을 꺼내 시선을 돌렸다. 아무래도 버스는 반대편에서 타는 게 맞을 것 같다고 생각하며 구글맵을 들여다보는데, 어떤 남자가 내 어깨를 쳤다. 돌아보니 나와 똑같은 티셔츠를 입은 두 남자가 서 있었다.

"(티셔츠를 가리키며) 너 뮤즈 콘서트 가니?"

"응."

"난 로빈."

"난 마틴."

"그래. 난 지용뛰인."

"우린 여기서 두 시간 거리에 살아."

"와우."

계속 말을 걸 것 같아서 버스가 오는 방향으로 시선을 돌렸고, 왜 버스가 안 오지 하며 초조한 연기를 했다. 훌륭한 연기였는지 파고들 틈새를 찾지 못한 그들은 해피 콘서트가 되라며 되돌아갔고, 때마침 버스가 도착했다. 문제는 방금 전까지 내가 서 있던, 건너편 정류장에 도착했다는 것이었다. 당황한 나머지 리바이스 커플을 돌아봤지만, 그들은 키스하느라 여념이 없었다. '너네 뮤즈 콘서트 안가지.', '이거 일종의 인종차별인가.', '에라이, 박탈성 구순염 생겨라.' 온갖 생각을 하며 다시 버스를 검색하고 있는데 아까 그 두 명이 다시 말을 걸어왔다.

"버스가 오려면 시간이 걸릴 거 같은데, 돈 모아서 택시 탈래?"

"얼마나 나오는데?"

"아마 10유로 정도?"
"('No'라고 하고 싶었지만 말이 길어질 것 같아) 그래 그러자."
"근데 택시 어떻게 잡는지 몰라."
"응?"

이 새끼는 뭔가, 생각하고 있는데 두 남자는 리바이스 키스 커플에게 말을 걸었다. 너네도 함께 택시를 타고 가려느냐는 것이었고 리바이스 키스 커플은 멋지게 'No'라고 말했다. 몇 분 후 택시가 잡혔고, 우리 셋은 택시에 올랐다.

"어느 나라에서 왔니?"
"코리아에서 왔어."
"뮤즈 콘서트는 처음이야?"
"응."
"나도 처음인데 로빈은 두 번째야."
"와우."
"그들의 콘서트는 매우 어메이징해."
"와우."
"학생이야?"
"와우. 아니, 졸업했지. (제적 당했지를 영어로 말할 수 없었다.)"

"언제?"

"한 8년 전?"

나를 자기들과 또래로 생각했던 그들은 일순간 말이 없어졌고, 십 분 뒤 코리안 트래디셔널 컬처에 따라 연장자인 내가 10유로를 냈다. 돈을 주겠다는 로빈과 마틴에게 넣어둬 으른이 낼 때는 그냥 고맙습니다 하면 되는 거야, 하며 돌려보냈고, 나는 낮부터 열려 있는 VIP티켓 부스로 향했다.

친절한 직원은 또박또박 천천히 VIP티켓 소유자가 할 수 있는 것들을 설명해주고는, 30분 후 가드들이 데리러 올 테니 이 주변에서 뭐라도 먹고 있으라고 했다. 마침 티켓 부스 앞에 파니니를 파는 트럭이 있어 햄치즈 파니니와 콜라를 주문했고 12유로를 냈다. 1만 5천 원짜리 파니니는 달랐다. 1500원짜리보다도 맛이 없다니, 정말 뭔가 다르긴 다르구나 하며 내 자신을 달랬다.

VIP는 마이크로소프트 사에서 만든 VR게임을 무료 음료, 그리고 파니니와 함께 즐길 수 있었다. 무료 파니니가 더 맛있게 느껴지는 건 12유로짜리 파니니가 뭔가 다르긴 다르기 때문이라고 생각하며 고블린을 죽이는 게임을 했다. 파니니 아저씨를 생각하며 총을 쏴

댔고, 코리안 솔저 병장 만기 전역자 출신답게 VIP 중에 1등을 차지했다. 그리고 뮤즈 공식사이트에서 판매하는 6만 원 상당의 MD 쿠폰을 받았다. 좋은 사격이었어.

한숨 돌릴 겸 담배를 피우러 밖으로 나와 휴대폰을 확인하니 대사관에서 문자메시지가 와 있었다. 로마에 테러 위협이 있으니 사람이 많은 곳에 가지 말라는 내용이었다. 혼란스러웠다. 이대로 돌아가면 나는 몇십만 원짜리 고블린 죽이기 게임과 콜라 한 잔 그리고 파니니 한 조각을 먹은 셈이었다. 친구에게 문자메시지를 보냈다.

'나 뮤즈 콘서트 왔는데, 로마에 테러 위협 뜸.'
'괜춘. 네가 그 사람들 중에 총 제일 많이 쏴봄.'

역시 인생은 혼자고, 친구는 필요가 없다. 얼마간 고민하다가, 이탈리아의 군인과 가드들을 믿어보기로 하고 스탠딩석으로 내려갔다. 공연이 시작하기까지 사우나에 가까운 이탈리아의 태양 밑에서 세 시간을 버텨야 했다. 테러 위험도 있다는데 그냥 돌아갈까 생각하며 앉아서 멍을 때리던 내게 누군가 다가왔다. 폭탄 머리를 한 여자 두 명이었다.

“괜찮니?”

“응 괜찮아.”

“*$^&%$ 비디? 만약 네가 원한다면?”

“비디?”

“응. 만약 네가 원한다면.”

“무슨 소린지 모르겠는데.”

“너 괜찮니?”

“응 괜찮아.”

“알겠어. 필요하면 얘기해.”

그러더니 그 둘은 담배를 피우기 시작했는데(이탈리아 스탠딩석에서는 담배를 피워도 되는지 많이들 담배를 피우며 콘서트를 관람했다.), 일반적인 담배 냄새는 아닌 것 같았다. 순간 번뜩하며 거리 곳곳에 있던 마리화나 가게 간판들이 떠올랐고, 거기에는 CBD라고 써 있었으며, 저들이 말한 비디는 CBD였던 것으로 추정됐다. ‘아니야 아닐 거야, 초면인 내게 왜 그걸 권유하겠어.’ 하며 마음을 다잡고 있는데 갑자기 그들이 초면인 것 같은 옆 커플과 그것들을 나눠 피우는 것을 보고는 대충 어림잡아서, 많이 양보해도 웬만하면 그게 맞는 것 같았다. 나는 자칫하면 수갑을 찰 뻔했고, 저들은 내 인생의 테러범이 될 수도 있었던 순간이었다.

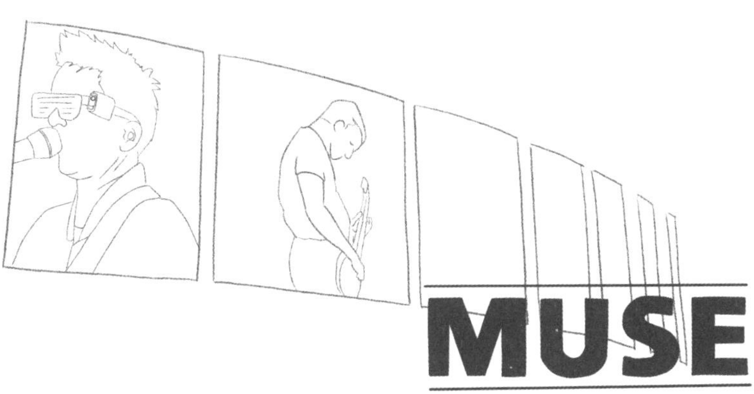
MUSE

긴 기다림 끝에 공연은 시작되었다. 신나게 뛰며 노래를 따라 부르니 옆에선 내게 엄지를 들어보였다. 스탠딩석의 수많은 사람 중에 동양인은 나 혼자뿐이니 그들이 놀라울 만도 하겠다 싶었다. 공연은 표현이 어려울 정도로 훌륭했고 독보적이었다. 로마 올림픽 경기장을 꽉 들어 채운 관객들의 끊임없는 함성과 떼창이 그걸 증명하고 있었다. 데뷔 20년차 밴드의 콘서트는 그 어떤 부분도 낡아 있지 않았다. 말이 길어지면 가치가 떨어지니 그들의 콘서트 감상은 나 혼자만 갖고 있겠다. 궁금하면 꼭 가보시길 바란다. 후회하지 않을 것이다.

공연은 끝이 났다. 매튜는 내게 웨어 아유 후롬이라고 물어보지 않았고, 수만 명이 한꺼번에 빠져나오자 숙소까지 타고 갈 교통편이 없어 한 시간 반을 걸어가야 했고, 그 와중에 휴대폰 배터리가 다 떨어져 안 되는 영어로 물어물어 숙소까지 도착했지만, 그 어떤 것도 실망스럽지 않은 하루였다. 오랫동안 기다려온 그 하루는, 근 몇 년 중 가장 빛나는 순간이었다.

뮤즈의 앨범이 또 발매되고 다시 투어 콘서트를 열어준다면 난 이 날의 기억과 '내 마음을 빼앗은 뮤즈, 형들 도대체 뮤즈?'라는 플랜카드를 가지고 다시 그들을 찾을 것이다. 형들은 날 바라보지 않았지만, 그들을 바라보는 것만으로도 힘을 얻은 나는 언제까지나 그들과 그들의 음악에 응원과 지지를 보낼 것이다.

그러니까 우리 뮤즈 형들, 하고 싶은 거 다 하셨으면 좋겠다.

쓸 만한 인간

2013년부터 남에게 보여주는 글을 쓰기 시작했고, 그로부터 3년 뒤, 그것들을 모아 책을 만들었다. 또 그로부터 3년 뒤, 개정판을 만들겠다고 출판사에서 연락이 왔다. 그리 하시라고 했다. 그 옛날의 글들에 묻어 있는 나와 지금 나의 간극은 이미 너무나도 동떨어져 있었고, 책 한 권은 작가뿐만이 아니라 기획, 디자인, 편집, 홍보 등의 인적자원들이 동시에 만드는 것이기에 이래라 저래라 할 것이 없었다. 그들도 권한이 있었고, 다수결로 하면 내가 손을 들지 않아도 만들어질 것이었다. 그러니, 그리 하시라고 했다. 이미 내 손을 떠난 책이라는 말과 함께.

'누구에게도 상처를 주지 않는 글'을 쓰려고 하신다는 어떤 작가님의 말씀을 들었다. 그랬다. 남에게도. 내게도. 상처는 아픈 것이었다.

이미 내 손을 떠난 것이라고 생각했던 책을 조금이나마 수정해야겠다고 생각했다. 누구에게도 상처를 주지 않기 위해 덜어내야 했다. 그 눈에 띄는 수정이 상처 입은 누군가에게 위안이 될 것이라고 단정하지 않는다. 아니, 위안이라니. 건방진 생각이다. 그저 난 사과를 해야 했고, 해보고자 하는 것이다.

또 한 권의 책을 제안하는 분들이 계셨다. 정중히 거절했다. 이유는 두렵다는 것이었다. 남에게 보여주는 글이라는 것이 그 독자가 한 명이든 만 명이든 상처를 준다면, 그로 인해 내가 받는 내상도 상당해 그것이 두렵다고 했다. 나 혼자만 입는 상처면 괜찮은데 보통 일이라는 게 혼자 하는 것이 아니다 보니, 책에 관련된 모두가 상처 입게 될 그 기우조차 썩 유쾌하지 않다고 했다. 책임에 익숙하지 않은 걸 보니 아직 나이를 덜 먹었나 싶기도 하고, 나이를 먹으면 좀 괜찮아지긴 하려나 싶기도 하다. 아무튼 그 두려움이 아직 채 가시지 않아서, 나는 당분간 쓸 만한 인간이 되지 못할 것 같은 심정이다.

좌우지간, 회색의 《쓸 만한 인간》보다 몇 꼭지의 글이 더 붙었고, 불쾌한 단어와 문장과 문단을 삭제했다. 이는 '작가'라고 불리는 것에 마음이 어렵지만, 어쨌든 이 책의 '작가'인 나의 사과이고 반성이다. 책장 한구석에서 조금은 변한 모습으로 고개 숙이고 있겠다. 괜한 짓일까. 되물어봤지만, 그건 아닌 듯하니 조금 더 깊숙이 아프다.

이 책을 시작한 모두와, 만든 모두에게 감사하고 죄송하다. 내게 글을 권유한 박소영 기자에게도 같은 마음이다.

그리고 책의 오점을 덜게 도와주신 그 작가님께도 진심으로 감사와 사과의 말씀을 드린다.

마무리

남이 쓴 이야기를 잘 전달하는 것이 주로 내가 할 몫이지만,
가끔씩은 내 이야기를 해보고 싶을 때도 있었다.

나라는 인간이 그다지 수식이 어울리지 않는 인간이라서,
화려하고 어여쁜 문장 같은 건 이 책에 없을 수도 있다.

아니, 책 말고,
그냥 보통 사람들이 살 법한 인생을
보통 사람들도 쓸 법한 문장으로 적은 종이뭉치.

그 정도로 해두기로 한다.
(말도 안 되는 비문들은 그냥, '시적 허용'이라고 치자.)

얼마 살지 않은 인생 동안 뭐 그리 많은 일들이 있었겠냐마는, 쓰다 보니 여기까지 왔고, 또 앞으로 쓸 만한 것들이 생긴다면 노트에 차곡차곡 모아놓을 계획이다.

물론 세상에 내놓을 기회가 다시는 없을 수도 있겠다.

때문에,
마지막일지도 모르는,
지금 이 문장까지 전부 읽어준 당신들이

참 고맙다.

* 물론 마지막이 아니었으면 한다.

고맙습니다.

거기서 뭐 하세요.
뭘 하시든 고맙습니다.

쓸 만한 인간

초판 1쇄	2016년 10월 26일
초판 7쇄	2018년 9월 17일
블랙에디션 1쇄	2018년 1월 22일
개정 1쇄	2019년 9월 2일
개정 19쇄	2024년 11월 25일
지은이	박정민
발행인	유철상
기획	홍은선
편집	김정민, 김수현
디자인	노세희, 주인지
마케팅	조종삼, 김소희
콘텐츠	강한나
펴낸곳	상상출판
출판등록	2009년 9월 22일(제305-2010-02호)
주소	서울특별시 성동구 뚝섬로17가길 48, 성수에이원센터 1205호(성수동2가)
전화	02-963-9891
팩스	02-963-9892
전자우편	sangsang9892@gmail.com
홈페이지	www.esangsang.co.kr
블로그	blog.naver.com/sangsang_pub
인쇄	다라니
종이	㈜월드페이퍼

ISBN 979-11-89856-50-2 (03810)